CATALOGUE

DE LA

BIBLIOTHÈQUE

DE

MM. DELIGNIÈRES DE BOMMY ET DE SAINT-AMAND

DONT LA VENTE SE FERA A ABBEVILLE

CHAUSSÉE MARCADÉ Nº 18

Le Lundi 27 Mai et jours suivants

De midi à six heures sans interruption

PAR LE MINISTÈRE DE Mᶜ DUGUÈVRE

Commissaire-Priseur.

— coco —

ABBEVILLE

IMPRIMERIE BRIEZ, C. PAILLART ET RETAUX.

—

1872

AVIS

Les personnes qui voudraient acquérir des objets d'art et de curiosité, monnaies, médailles et sceaux provenant du cabinet de MM. Delignières de Bommy et de Saint-Amand, dont la vente précédera celle de la Bibliothèque, peuvent faire la demande du catalogue à M. J. Duguèvre, commissaire-priseur à Abbeville.

ORDRE DES VACATIONS

———— —

Lundi 27 et mardi 28 mai. — Vente des objets d'art et de curiosité.

————

Jeudi 30, vendredi 31 mai, samedi 1er, lundi 3 juin. — Vente des monnaies, médailles commémoratives et sceaux.

————

Mardi 4, mercredi 5, jeudi 6, vendredi 7, samedi 8 et lundi 10 juin. — Vente des ouvrages de la bibliothèque, livres et manuscrits.

————

Mardi 11, mercredi 12 et jeudi 13 juin. — Vente des gravures, dessins et tableaux.

————

L'ordre des numéros portés aux divers catalogues sera rigoureusement suivi dans la vente.

AVIS ESSENTIEL

L'origine de l'importante collection de MM. Delignières de
Bommy et Delignières de Saint-Amand remonte aux dernières
années du dix-huitième siècle et depuis lors elle n'a point
cessé de s'accroître. Elle se compose de quatre parties dis-
tinctes : livres et manuscrits, dessins et gravures. — Antiquités et objets d'art du moyen-âge et de la renaissance. —
Sceau monnaies et médailles commémoratives.

Le présent catalogue contient l'indication des principaux
ouvrages, gravures et dessins qui formaient la bibliothèque. Un
catalogue spécial est consacré aux objets d'art et aux monnaies.

Diverses circonstances n'ont point permis de ranger les
livres dans un ordre strictement méthodique. Les personnes
qui recevront ce catalogue sont donc priées d'en parcourir
tous les numéros, attendu que les spécialités qui peuvent les
intéresser ne s'y trouvent pas toujours réunies aux mêmes
pages.

Nous n'avons indiqué ici que les principaux ouvrages, ceux
qui ne se rencontrent que rarement dans le commerce, et
qui méritent de fixer particulièrement l'attention des savants

et des bibliophiles. Il en existe encore un très-grand nombre d'autres, tous également bien choisis, dont le public prendra connaissance au moment de la vente.

MM. Delignières de Bommy et Delignières de Saint-Amand n'avaient admis dans leur collection que des exemplaires de choix, en parfait état de conservation, et quand par hasard il se rencontre quelques volumes maculés et détériorés, il en est fait une mention scrupuleuse.

Les personnes qui voudraient, sans se rendre à Abbeville, acquérir quelques-uns des ouvrages portés dans le présent inventaire peuvent adresser leurs offres *franco* à **M.** Duguèvre, commissaire-priseur à Abbeville. Il sera tenu compte de ces offres, et si elles ne sont point couvertes par des surenchères, les ouvrages demandés par correspondance seront, après la vente publique, adressés aux acquéreurs, contre rembourse- ment y compris les frais d'emballage et d'adjudication.

Le catalogue des objets d'art, sceaux, monnaies et médailles sera expédié aux personnes qui en feront la demande.

PREMIÈRE SÉRIE

OUVRAGES DIVERS

1 — **Biblia sacra.** Paris, Robert Estienne, 1545. Petit in-4, très-bel exemplaire.

1 *bis.* — **Sacrorum bibliorum concordantia :** auct. FRANCISCO LUCA. Coloniæ Agrippinæ, Balt. ab Egmond, 1694. 1 vol. in-8, rel.

1 *ter.* — **Breves notæ historicæ et criticæ in novum Jesu-Christi testamentum,** cum indice geographico Nicolaï Samson (d'Abbeville). Antuerpiæ, Jouret, 1716. 2 vol. in-16, rel.

1 *quater.* — **Histoire du vieux et du nouveau Testament,** par ROYAUMONT. Paris, Le Petit, 1674. 1 vol. in-4, rel. fig.

2 — **Baluzii Miscellanea.** Parisiis, 1678 et seq. 7 vol. in-8, rel.

3 — **Pontificale romanum Clementis VIII et Urbani VIII, PP.** auctoritate recognitum. Bruxellis, 1735. 3 vol. in-8, rel.

3 *bis.* — **Acta sanctorum ordinis S. Benedicti ;** par MABILLON et D'ACHERY. Paris, 1672-et suiv. 9 vol. in-fol., bel exemplaire relié.

4 — **Explication des cérémonies de la messe,** par DOM CLAUDE DE VERT. Paris, 1709. 4 vol. in-8, rel.
L'auteur était prieur de Saint-Pierre d'Abbeville.

4 *bis.* — **Biblia hebraïca sine punctis.** Amstelodami, 1701. Petit in-8, très-jolie édition.

5 — **Dissertation sur les mots de Messe et de Communion,** par DOM CLAUDE DE VERT. Paris, 1694. 1 vol. in-12, rel.

5 *bis.* — DE MOLÉON. **Voyage liturgique en France.** Paris, 1718. 1 vol. in-8, rel.

9 *bis.* — **Les anciennes liturgies,** par M. ***. Paris, 1697. 1 vol. in-8,

19 — **Sermones fratris Guilelmi Lugdunensis super epistolas de tempore.** Parisiis, 1494. A la suite: Expositio beati Augustini de sermone Domini in monte. *Ibid.,* 1494. Sur deux colonnes. 1 vol. in-8.

20 *bis.* — **Les oraisons et discours funèbres sur le trépas de Henri le Grand.** Paris, Robert Estienne, 1611. In-8.

20 *ter.* — **Recueil contenant les oraisons funèbres de plusieurs princes, princesses, et grands dignitaires des XVIIe et XVIIIe siècles** (entre autres Louis XV). 2 vol. in-4, rel.

21 — DE LAURIÈRE. **Glossaire du droit français.** 2 tom. in-4 en 1 vol., rel. Paris, Guignard, 1704.

21 *bis.* — **Le barreau français.** Paris, 1821. 16 vol. in-8.

22 — CLAUDE POCQUET DE LIVONIÈRE. **Traité des fiefs.** Paris, Lemercier, 1741. 1 vol. in-4, rel.

23 *bis.* — **Justiniani institutionum libri IV.** Lugduni Batavorum, 1646. 1 vol. in-12.

23 *ter.* — **Les mots dorés de Cathon,** en français et en latin avec plusieurs bons et très-utiles enseignements etc., ensemble plusieurs questions énigmatiques imprimées nouvellement à Lyon. 1533. 1 vol. in-8.

23 *quater.* — **L'homme de René Descartes et la formation du fœtus,** avec les remarques de LOUIS DE LA FORGE. Paris, Girard, 1667. 1 vol. in-4, rel.

24 — **Dictionnaire universel de commerce,** par SAVARY. Paris, Estienne, 1723. 3 vol. in-f., rel.

24 *bis.* — **Livre très-fructueux et utile à toute personne de l'institution et administration de la chose publique,** composé en latin, par FRANÇOIS PATRICE, évêque de Cayette, et nouvellement translaté et mis en français. Paris, Galliot Dupré, 1520. in-fol. rel.

25 *bis.* — **Hugonis Grotii de jure belli ac pacis lib. III.** Amstelodami, 1720. 1 vol. petit in-4.

26 *bis.* — JÉROME CARDAN. **De la subtilité des choses.** Traduit par Leblond. Paris, 1566. Réglé. 1 vol. in-8.

26 *ter.* — CORNELIUS AGRIPPA. **De vanitate scientiarum.** Lugduni, 1644. 1 vol. in-8.

27 — **Dictionnaire d'histoire naturelle qui concerne les coquillages de mer, de terre et d'eau douce,** par L'ABBÉ FAVART D'HERBIGNY. Paris, 1775. 3 vol. in-8, rel.

27 *bis.* — PIERRE BELON. La nature et diversités des 'poissons. Petit in-8., oblong, avec figures. Le titre manque.

27 *ter.* — Mémoires pour l'hist. naturelle de la province de Languedoc avec fig. et cartes, par ASTRUC. Paris, Cavelier, 1737. 1 vol. in-4.

27 *quater.* — BERTRAND. Dictionnaire universel des fossiles propres et des fossiles accidentels. Lahaye, Gosse, 1763. 2 vol. in-8, rel. en un.

29 — De corporibus marinis lapidiscentibus quæ defossa reperiuntur, auctore AUGUSTINO SCILLA. Romæ, 1759. 1 vol. in-4, rel.

30 *bis.* — Hortus floridus, in quo florum icones ad vivum delineatæ exhibentur, auct. CRISP. PASSÆO. Aræhemii, 1614. 1 vol. in-4,oblong.

30 *ter.* — La venerie de JACQUES DU FOUILLOUX. Paris, 1614. 1 vol. in-4.

34 — Scriptores rei rusticæ veteres latini, Cato, Varro, Columella, Palladius, etc., curante Matthiâ Gesnero. Lipsiæ, sumptibus Caspari Iritsch, 1735. 2 vol. in-4, rel.

35 — M. TERENTII VARRONIS lib. III. L. Junii Moderati Columellæ, lib. XII. Paladii lib. XIV. Aldus, 1533. 1 vol. in-4. Maroquin rouge ; filets et arabesques d'or sur le plat de la reliure.

36 — La pratique de l'aiguille industrielle du très-excellent MILOUR MATTHIAS MIGUERAK ,anglais, ouvrier fort expert en toute sorte de lingerie. Paris, Jean Leclercq, 1605. 1 petit in-4, cart.
Livre très-curieux avec de nombreux modèles d'ouvrages à l'aiguille.

36 *bis.* — Traité de la construction et des principaux usages des instruments de mathématique, par le sieur N. BION. Paris, 1726. 1 vol. in-8, rel.

36 *ter.* — Éléments d'Euclide, en arabe. 1 vol. in-fol. Bel exemplaire.

37 — Les tablettes guerrières ou cartes choisies pour la commodité des officiers et des voyageurs, avec le plan des forteresses, etc. Amsterdam, 1701. Livre d'un format exceptionnel. 21 cent. de haut. et 8 cent. de large.

37 *bis.* — Introduction à la fortification, par DEFER. 1 vol. in-4, oblong. Paris, sans date.

38 *bis.* — Les règles du dessin et du lavis, par BOUCHOTTE. Paris, 1721. 1 vol. in-8,rel.

40 — Dictionnaire des monogrammes, chiffres, lettres initiales etc., sous lesquels les plus célèbres peintres, graveurs etc., ont dessiné leurs noms, traduit de l'allemand de M. CHRIST. Paris, 1750. 1 vol. in-8,rel.

47 — THOMASSIN. Recueil de figures, groupes etc. tels qu'ils se voient dans les château et parc de Versailles. Paris, 1694. 1 vol. grand in-8, rel. 218 planches.

52 *bis.* — Pratique curieuse ou les oracles des Sybilles, sur chaque question proposée : inventée par M. COMMIERS. Paris, 1736. 1 vol. in-12, rel.

53 — Curiosités inouyes sur la sculpture talismanique des Persans, horoscope des patriarches et lecture des étoiles, par M. I. GAFFAREL. 1630. 1 vol. in-8, rel.

54 — L'oneiocrite musulman ou la doctrine et interprétation des songes selon les Arabes, par GABDOR RHACAMAN, de la traduction de Pierre Valtier. Paris, 1664. 1 vol. in-16.

58 bis. — Calepini dictionnarium. 1520. 1 vol. in-fol.

58 ter. — Dictionnaire du vieux langage français, par M. LACOMBE. Paris, Panckoucke, 1766. 1 vol. in-8, rel.

59 — DU CANGE. Glossarium ad scriptores mediæ et infimæ la tinitâtis. Parisiis, 1733 et seq. 6 vol. in-fol., rel.

60 — Homeri opera, græce-lat. Studio SAMUELIS CLARKE. Amstelodami, Wetstenius, 1743. 2 vol. in-18.

60 bis. — Q. Horatius Flaccus cum commentariis variorum et scholiis JOHANNIS BOND. Lugd. Bat. ex officina hackiana, 1673. 1 vol. in-8, rel.

61. — Bucolica, Georgica, Æneis, cum Servii commentariis. Paris, Jehan Petit, 1529. In-fol., vignettes dans le texte.

61 bis. — Épitres morales et familières du Traverseur. Poitiers, Jacques Bouchet, 1545. 1 vol. in-fol., rel.

63 — DE LA MOTTE. Fables nouvelles. Paris, Dupuis, 1719. 1 vol. in-4, rel.

63 quater. — Charlemagne, poème héroïque, par LOUIS LE LABOUREUR. Paris, 1666. 1 in-12, broch.

64 bis. — Caroli Ruœi carmina. Paris, Bonard, 1688. 1 vol. in-18, jolie édition.

65 bis. — Santolii hymni sacri et novi. Paris, 1698. 1 vol. in-8.

66 bis. — Santolii opera omnia. Parisiis, Barbou, 1729. 3 vol. in-12.

69 bis. — Armide, tragédie de QUINAULT, avec la musique de Lully. Seconde édit. Paris, 1710. 1 vol, in-fol.

73 bis. — Voyage de BACHAUMONT et de LA CHAPELLE. Cologne, 1703. 1 vol. in-16.

76 — Mélanges d'histoire et de littérature, par M. de VIGNEUL-MARVILLE. Paris, 1713. 3 vol. in-12, rel.

87 — ALCIATI EMBLEMATUM lib. II. Lugduni, Tornelius, 1561. 1 vol. in-16, rel.

87 bis. — L'art des emblêmes du père MENESTRIER. Lyon, 1662. 1 vol. in-8.

87 ter. — Recueil d'emblèmes, par BAUDOIN. Paris, 1638. 1 vol. in-8.

91 — Emblemata collecta et incisa à THEODORO DE BRY. Francofurti ad Mænum, 1598. 1 vol. in-16, oblong, rel. en parch.

91 *bis*. — **Linguæ vitia et remedia.** 1631. Petit in-18, oblong, fig.

93 *bis*. — **Amorum emblemata.** Antuerpiæ, 1608. In-4, oblong avec fig.

94 *bis*. — **Érasme. L'Éloge de la folie,** traduit par GUEUDEVILLE, avec les figures d'Holbein. Amsterdam, 1731. In-8, triple.

96 *bis*. — **Le Gouteux en belle humeur.** Ouvrage héroïque, par le sieur ÉTIENNE COUTET, mis au jour par M. de Gueudeville. La Haye et Francfort, 1743. 1 vol. in-8.

99 — **Le chancre ou couvre sein féminin ; ensemble le voile ou couvre chef féminin,** par J. P. chanoine théologal de Cambrai. Douai, 1635. 1 in-8, rel.

103 — **L'art de désopiler la rate,** par PANCKOUCKE PÈRE. A Gallipoli de Calabre, l'an des folies 175,884. 1 vol. in-12, rel.

117 — **Art de vérifier les dates avant l'ère chrétienne,** ouvrage posthume de D. CLÉMENT. Paris, Moreau, 1819. 5 vol. in-8.

— Le même ouvrage depuis la naissance de Notre-Seigneur, réimprimé avec des corrections et annotations et continué jusqu'à nos jours par de Saint-Allais. Paris, Valade, 1818-19. 18 vol. in-8.

119 — **Les traits de l'histoire universelle sacrée et profane,** d'après les plus grands peintres et les meilleurs écrivains. Nouvelle édition publiée sous la direction de M. Lebas. Paris, Lebas, 1771. 6 tom., 3 vol. in-12, rel. Texte gravé.

120 — **Le Compendium historial,** translaté de latin en français. Paris, 1509. In-fol., rel.

Ce livre est de Henri Romain, chanoine de Tournay.

120 *bis*. — **The Chronology and History of** TH. WORLD, etc. by thy sir John Blair. London, 1790. 1 vol. in-fol.

123 — **Notitia utraque cum Orientis tum Occidentis imperii,** ultra Arcadii Honoriique Cesarum tempora. Basileæ, Froben, 1552. 1 vol. in-fol., figures.

124 *bis*. — FRANÇOIS-DUCHESNE. **Historiæ Francorum scriptores.** 1649. 5 vol. in-fol.

125. — **Le véritable inventaire de l'Histoire de France,** par JEAN DE SERRES, avec la continuation jusqu'à l'année 1648. Paris, 1648. 2 vol. in-fol.

127 — **Nouvel abrégé chronologique de l'Histoire de France,** par le président HÉNAULT. Paris, 1746. 1 vol. in-12.

127 *bis*. — **Œuvres de** CLAUDE FAUCHER. Paris, 1610. 2 vol. in-4.

128 — JEAN DU TILLET. **Recueil des rois de France,** leur couronne et Maison. Paris, Langelier. 1 vol. in-4, parch.

128 *bis*. — GREGORII TURONENIS **Historia Francorum.** Parisiis, 1561. 1 vol. in-8.

129 *bis*. — Journal du règne de Henri III. Cologne, 1720. 2 vol. in-8.

130 — Discours merveilleux de la vie, actions et déportements de Catherine de Médicis. 1649. Selon la copie imprimée à Paris. 1 vol. in-8.

131 *bis*. — Mémoires pour servir à l'Histoire de France, de 1515 à 1611. Cologne, 1719. 2 vol. in-8.

137 — CHARLES WASTELANI. Description de la Gaule Belgique, selon les trois âges de l'Histoire, avec des cartes géographiques et généalogiques. Lille, vᵉ Cramé, 1761. 1 vol. in-4.

139 *bis*. — DUBREUIL. Le théâtre des antiquités de Paris, 1612. 1 vol. in-4, avec planches.

150 *bis*. — Recherches sur la ville de Paris, par JAILLOT. Paris, 1782. 5 vol. in-8, avec planches.

158 — Histoire des antiquités de la ville de Soissons, par LEMOINE. Paris, 1771. 2 vol. in-12, reliés en un.

161 — La généalogie des comtes de Flandre, depuis Baudoin Bras-de-Fer jusqu'à Philippe IV, par OLIVIER DE WRÉE. Bruges. 1642. 1 vol. in-fol., rel.

162 — Sigilla comitum Flandriæ. Brugis Flandrorum, 1639. 1 vol. in-fol.; rel.

163 — Le siége d'Hesdin, par messire ANTOINE DE VILLE, chevalier, avec un plan. Lyon, Caffin, 1639. 1 vol. in-fol., cart.

165 — GUY COQUILLE. Histoire du pays et duché de Nivernois. Paris, Langelier, 1612. 1 vol in-4, parch.

167 — Notice de l'état ancien et moderne de la province d'Artois, par ***. Paris, 1748. 1 vol. in-12, rel.

168 — Mémoires pour servir à l'histoire de la province d'Artois, et principalement de la ville d'Arras, pendant une partie du XVᵉ siècle, par HARDUIN. Arras, 1763. 1 vol. in-12, rel.

170 — Mémoires chronologiques pour servir à l'histoire de Dieppe et à celle de la navigation française. Paris, 1785. 2 vol. in-12, rel.

171 — Histoire de la ville de Rouen, par M. S*** (Servin), avocat au parlement de Rouen. Rouen, 1775. 1 vol. in-8.

171 *bis*. — Mémoires du pays, villes et comtés de Beauvais et Beauvoisis, par ANTOINE LOYSEL. Paris, 1617. In-4.

172 — L'ABBÉ PLEUVERI. Histoire et antiquités de la ville du Hâvre-de-Grâce. Au Havre, 1796. 1 vol. in-8, rel.

173 — DOM TOUSSAINT DU PLESSIS. Nouvelles annales de Paris jusqu'au règne de Hugues-Capet, suivies du poème d'Abbon sur le siége de Paris. Paris, veuve Lottin, 1753. 1 vol. in-4.

175 — Alsace française ou nouveau recueil de ce qu'il y a de plus

curieux dans la ville de Strasbourg. Français-allemand. Strasbourg, 1706.
1 vol. in-fol., cart., figures.

179 — BRICE. **Description nouvelle de ce qu'il y a de plus remarquable
dans la ville de Paris.** Paris, Legras, 1687. 2 vol. in-12, reliés en un.

180 — Le même ouvrage considérablement augmenté. Paris, 1752.
4 vol. in-12, rel.

181 — **Description générale de l'hôtel royal des invalides établi par
Louis le Grand**, par LEJEUNE DE BOULLENCOURT. Paris, 1683. 1 vol. in-
fol., rel., vues et plans.

182 — Collection des principaux monuments et vues de Paris et de
ses environs. Paris, Vallardi (sans date).

184 — LE P. ANSELME. **Histoire généalogique et chronologique de la
maison royale de France, des pairs, des grands officiers de la couronne,** etc., continuée, revue et augmentée par Dufourny, les PP. Ange
et Simplicien. Paris, David, 1726-33. 9 vol. in-fol., rel., avec des notes
marginales.

185 — **Alliances généalogiques des rois et princes de Gaule**, par
E. PARADIN. Genève, 1606. 1 vol. in-fol., rel.

188 — **Catalogue des très-illustres ducs et connétables de France, —
Catalogue des très-illustres chanceliers de France, — Catalogue des très-
illustres grands maîtres de France, — Catalogue des maréchaux, — Catalogue des prévôts de Paris.** Paris, Vascosan, 1555. 1 vol. in-fol. Blasons
enluminés.

188 *bis*. — **Extrait de la généalogie de la maison de Mailly**, suivi de
l'histoire de la branche des comtes de Mailly marquis d'Haucourt, et de
celle des marquis du Quesnoy, dressé sur les titres originaux sous les
yeux de M. de Clairambaut. 1757. 1 vol. in-4, grand papier, relié.

189 — **Histoire généalogique de la maison de Gondi**, par CORBINELLI.
Paris, Coignard, 1705. 2 vol. in-4. Très-bel exemplaire avec portraits de
Ch. Duflos, graveur d'Abbeville et de Mariette.

198 — **Traité des tournois, joustes, carousels et autres spectacles pu-
blics,** par le P. MENESTRIER. Lyon, Muguet, 1669. 1 vol in-4, rel.

199 — LE P. DANIEL. **Histoire de la milice française.** Paris, Mariette,
1721. 2 vol. in-4, rel., grandes marges.

201 — **Histoire des modes françaises ou révolutions du costume en
France.** Amsterdam, 1773. 1 vol. in-8, rel.

205 — **La science héroïque traitant de la noblesse, de l'origine des
armes,** etc., par MARC VULSON DE LA COLOMBIÈRE. Paris, 1644. In-fol.,
le titre manque.

206 — **Le véritable art du blason,** par le P. MENESTRIER. Paris, 1673.
2 vol. in-12, rel.

207 — **Abrégé méthodique des principes héraldiques**, par le P. MENES-
TRIER. Lyon, 1661. 1 vol. in-18, rel.

208 — **Le blason de France** ou notes curieuses sur l'édit concernant
la police des armoiries, par THIBAULT CADOT. Paris, 1697. 1 vol. in-8,
rel.

209 — **Nouveau traité de la science pratique du blason**, par TRUDON,
graveur. Paris, 1689. 1 vol. in-12, rel.

209 *bis*. — **Dictionnaire héraldique.** Paris, 1722. 1 vol. in-18, avec 1746
blasons des maisons princières et familles de France.

211 — **L'art héraldique**, par BARON. Paris, 1637. 1 vol. in-12, rel.

211 *bis*. — **Recueil de blasons gravés**, avec un petit traité manuscrit du
blason. XVIIᵉ siècle.

212 — **La nouvelle méthode raisonnée du blason**, par le P. MENESTRIER.
Lyon, 1754. 1 vol in-12, rel.

213 — **La vraie et parfaite science des armoiries**, par PALLIOT. Paris,
1664. 1 vol. in-fol., rel.

215 — **Armorial universel**, par SEGOING. Paris, 1660. 1 vol. petit
in-fol., rel.

216 — **Trésor héraldique ou Mercure armorial**, par SEGOING. Paris,
1657. 1 vol. in-fol., rel.

217 — **Mercure armorial**, par SEGOING. Paris, 1649. 1 vol. petit in-4,
relié.

217 *bis*. — **Le roi d'armes**, par le P. DE VARENNES. Paris, 1640. In-fol.,
rel., belles marges.

218 — DE LA ROQUE. **Traité de la noblesse et de toutes ses différentes
espèces.** Nouv. édit. augmentée des traités du blason, des armoiries de
France, de l'origine des noms, surnoms, du ban et arrière-ban. Rouen,
1734. 1 vol. in-4.

219 — Le même ouvrage. Paris, Michallet, 1678. 1 vol. in-4, subdi-
visé en deux tomes, avec notes et additions manuscrites sur les marges.
Ces notes sont écrites dans la plupart des langues de l'Europe; quelques-unes sont
extraites d'ouvrages connus, la plupart sont inédites ; elles contiennent de savantes
remarques.

219 *bis*. — DE LA CURNE DE SAINTE-PALAYE. **Mémoires sur l'ancienne
chevalerie.** Paris, 1781. 3 vol. in-12, rel.

220 — **Les délices de la Hollande**, avec figures. Amsterdam, 1685.
1 vol. in-18, rel.

221 — **L'Angleterre ancienne**, ou tableau des mœurs, usages, armes, etc.
des anciens habitants de l'Angleterre, traduit par Jos. STRUTT. Paris,
Maradou, 1789. 2 vol., reliés en un, fig.

222 — **Nouveau théâtre du Piémont et de la Savoie**. A la Haye, 1725. 4 tom. 2 vol. in-fol., vues, cartes, plans, très-belles marges.

223 — **Nouveau théâtre de la Grande-Bretagne**, ou description exacte du palais de la Reine et des maisons les plus considérables des seigneurs et gentilshommes de la Grande-Bretagne. Londres, Daire Mortier, 1708. 2 vol. in-fol. Très-bel exemplaire. Bonnes épreuves.

224 — **Les délices des Pays-Bas**. Bruxelles, Foppens, 1711. 3 vol. in-8, rel.

225 *bis*. — AUBERTUS MIRÆUS. **Rerum belgicarum annales**. Bruxelles, 1624. 1 vol. in-4.

227 — **Commentaria** sive Annales rerum flandricarum. Libri septemdecim. Auct. JACOBO MEYERO BALIOLANO. Antuerpiæ, Steelsius, 1561. 1 vol. in-fol.

Cet exemplaire a appartenu à Baluze dont le nom est écrit de sa propre main au bas du titre ; il porte les armes d'un cardinal de la maison d'Orléans.

229 — **Bibliotheca belgica**, sive virorum in Belgio illustrium Catalogus, etc. cura et studio JOANNIS FRANCISCI FOPPENS. Bruxelles, Foppens, 1739. 2 vol. in-4, rel.

230 — **Historia comitum Flandriæ**, auctore OLIVARIO VREDIO. Brugis, Kerchovius, 1650. Trois vol. in-fol., rel.

Le 3e volume contient les sceaux et les preuves, il est daté de 1642.

230 *bis*. — LE P. CHARLEVOIX. **Hist. et description du Japon**. Paris, 1736. 9 vol. in-12, planches.

233 — **La religion ancienne et moderne des Moscovites**, avec fig. Cologne, Pierre Marteau, 1698. 1 vol. in-8, relié.

208 — **Dissertation sur les porches des églises**, par JEAN-BAPTISTE THIERS. Orléans, 1679. In-12.

209 — **Histoire de Notre-Dame de Liesse**, par M. VILLETTE. Laon, 1728. 1 vol. in-8.

214 — JEAN LÉGER. **Histoire générale des églises évangéliques des vallées de Piémont ou Vaudoises**. Leyde, le Carpentier, 1669. 1 v. in-fol. rel.

216 — LE P. HELYOT. **Histoire des ordres religieux et militaires**. Paris, 1792. 8 vol. in-4, avec figures.

217 *bis*. — **La forêt des hermites et hermitesses d'Égypte et de Palestine**, représentée en figures de cuivre de l'invention de Blommaert. Anvers, 1619. 1 vol. in-4.

218 — MICHEL FELIBIEN. **Histoire de l'abbaye royale de Saint-Denis en France**. Paris, Léonard, 1706. 1 vol. in-fol., relié avec planches.

219 — JACQUES BOUILLARD. **Histoire de l'abbaye royale de Saint-Germain des Prés**. Paris, Dupuis, 1724. 1 vol. in-fol., rel. avec plan et figures.

1*

222 — Histoire ecclésiastique de FLEURY. Paris, 1728-1743. 36 vol in-4, reliés.

225 — Bibliothèque générale des écrivains de l'ordre de Saint-Benoît, par UN RELIGIEUX BÉNÉDICTIN DE LA CONGRÉGATION DE SAINT-VANNES (DOM JEAN FRANÇOIS). A Bouillon, aux dépens de la Société typographique. 1768. 4 tom. 2 vol. in-4, reliés.

226 *bis*. — Statuts de l'ordre de Jérusalem. 1643. 1 vol. in-fol., avec portrait du grand-maître et plans.

229 — Brève et fidèle exposition de l'origine et des usages de l'Église de l'unité des frères connus sous le nom de frères de Bohême et de Moravie. 1758. 1 grand in-8, relié avec figures.

229 *bis*. — Les Moines empruntés, par M. PIERRE JOSEPH (de Haïtze). 1698. 2 tom. en 1 vol. in-12.

230 — JEAN MABILLON. Dissertation sur le culte des saints inconnus. Paris, 1698. 1 vol. in-16, parch.

230 *bis*. — Hierogazophylacium belgicum, sive thesaurus sacrarum reliquiarum Belgii, auct. A. RAYSSIO. Duaci, 1628. 1 vol. in-8.

231 — P. BERTIUS. Tabularum geographicarum contractarum Libri septem, ad Galliæ regem Ludovicum. Amsterdam, 1616. 1 vol. in-8, ob'ong.

231 *bis*. — Topographia Galliæ, per MARTINUM ZELLERUM. Francofurti, 1655. 8 vol. in-fol , presque entièrement composés de planches.

233 *bis*. — Les rivières de France, par COULON. Paris, 1644. 2 vol. in-12.

235 *bis*. — La terre sainte ou terre de promission, avec plans et fig. 1 vol. petit in-4, sans date et sans nom d'imprimeur.

236 — DOUBDAN. Le voyage de la terre sainte. Paris, Bienfait, 1661. 1 vol. in-4, rel.

239 — Les voyages aventureux de Fernand Mendez Pinto, trad par BERNARD. Paris, 1628. 1 vol in-4.

240 — Voyages célèbres et remarquables faits de Perse aux Indes orientales, par DE MANDELSLO, traduits par de Wicquefort. Amsterdam, 1727. 2 vol. in-fol., rel. en un.

241 — Voyages très-curieux et très-renommés faits en Moscovie, Tartarie et Perse, par ADAM OLEARIUS, traduits par de Wicquefort. Amsterdam, 1727. 2 vol. in-fol., reliés en un.

241 *bis*. — Les observations de plusieurs singularités et choses mémorables trouvées en Grèce, Asie, etc., par PIERRE BELON, du Mans. Paris, 1553. 1 vol. in-4. Planches.

242 — Gemmæ et sculpturæ antiquæ depictæ ab LEONARDO AUGUSTINO SENENSI, addita earum enarratione in latinum v rsa a Jacobo Gronovio. Francqueræ, Strik, 1694. 1 vol. in-4, rel.

246 — Description des antiques du musée royal, commencée par Vis-
conti et continuée par M. de Clarac. Paris, 1820. 1 vol. in-8, broché.

248 — Grivaud de la Vincelle. Recueil de monuments antiques, la
plupart inédits et découverts dans l'ancienne Gaule. Paris, Treuttel et
Wurtz, 1817. 2 tom in-4, reliés en un, fig.

248 bis. — Millin. Antiquités nationales. Paris, 1790 et suiv. 5 vol.
in-4, cartes et planches. .

249 — Antiquités romaines, trouvées à Berthouville près Bernay (Eure)
le 21 mars 1830, dessinées sur les lieux par Prétextat Oursel. In-4,
mar., 10 planches avec texte.

249 bis. — Cartes pour servir au voyage dans les départements du
midi de la France. Paris, 1807. In-fol.

252 — Alex. Lenoir. Description historique et chronologique des
monuments de sculpture réunis au musée des monuments français. Paris, an VIII. 1 vol. in-8, rel.

256 — De re diplomatica Libri VI. Accedunt commentaria de antiquis
regum Francorum palatiis ; opera et studio domini Johannis Mabillon.
Lutetiæ Parisiorum, Billaine, 1681. 1 vol. in-fol., rel.

256 bis. — Librorum de re diplomatica supplementum. Opera et studio
domini Johannis Mabillon. Lutetiæ Parisiorum, Robuttel, 1704. 2 vol.
in-fol., reliés.

257 — Histoire des contestations sur la diplomatique, avec l'analyse de
cet ouvrage composé par le R. P. Dom Jean Mabillon. Paris, Delambre,
1708. 1 vol. in-12.

258 — Dom de Vaines. Dictionnaire raisonné de diplomatique. Paris,
Lacombe, 1774. 2 vol. in-8, rel.

259 — Diplomatique pratique ou traité de l'arrangement des archives.
Metz, Antoine, 1765. 1 vol. in-4.

260 — Nouveau traité de diplomatique où l'on examine les fondements
de cet art, par deux religieux bénédictins : D. Toussaint et D. Tassin.
Paris, Desprez, 1750-65. 6 vol in-4, rel.

261 — Traité des finances et de la fausse monnaie des Romains, par
de Chassipol. Paris, Briasson, 1740. 1 vol. in-12, rel.

262 — Regum et imperatorum romanorum numismata aurea, argentea,
ærea a Romulo et C. Jul. Cæsare usque ad Justinianum Aug. cura et
impensis illustrmi et excellmi herois Caroli, ducis Croyiaci et Arschotani
olim congesta. Antuerpiæ, Ærtssens, 1654. 1 vol. in-fol.

Cette numismatique a été éditée par Gevartius et le présent exemplaire lui a appartenu, ainsi que l'indiquent ces mots : dono v. cl. Casp. Gevarti, tracés au bas du
titre. A la suite : Antonii Augustini archiepis. Tarracon. antiquitatum romanarum
hispanarumque Dialogi XI. Latine redditi ab Andrea Schotte etc. Antuerpiæ,
Ærtssens, 1653. In-fol.

263 — Iconographie promptuaire des médailles des plus renommées personnes qui ont été depuis le commencement du monde, avec briève description de leurs vies. Lyon, Roville, 1553. 2 vol. petit in-4, reliés en un.

264 — BIZOT. Histoire métallique de la République de Hollande. Paris, Horthemel, 1687. 1 vol. in-fol., relié.

265 — BONNEVILLE (PIERRE-FRÉDÉRIC). Traité des monnaies d'or et d'argent qui circulent chez les différents peuples. Paris, 1806. 1 vol. in-fol., relié.

266 — LOUIS SAVOT. Discours sur les médailles antiques. Paris, Cramoisy, 1727. 1 vol. in-4, parchemin.

267 — Médailles sur les principaux événements du règne de Louis le Grand, avec des explications historiques par l'Académie royale des médailles et des inscriptions. Paris, imprimerie royale, 1702. 1 vol. in-4, relié.

268 — Recueil général des pièces obsidionales et de nécessité, par feu TOBIESEN DUBY. Paris, chez la vᵉ de l'auteur, 1786. 1 vol. in-4, grand papier.

269 — La France métallique ou médailles d'or, d'argent et de bronze des rois et des reines de France, tirées des plus curieux cabinets par JACQUES DE BIE. Paris, Camusat, 1676. 1 vol in-fol., rel.

270 — Deorum dearumque capita ex antiquis numismatibus Abrahami Ortelii collecta et illustrata a FRANCISCO WERTIO. Antuerpiæ, in officina Plantiniana, 1612. 1 petit in-4, rel.

271 — Selectiora numismata in ære maximi moduli e musæo illustrissimi FRANCISCI DECAMPS, cum interpretationibus D. Vaillant. Parisiis, 1694. 1 vol. in-4, rel.

273 — Imperatorum romanorum numismata ex ære mediæ et minimæ formæ, per CAROLUM PATINUM. Argentinæ, 1671. 1 vol. in-fol.

274 — Thesaurus selectorum numismatum antiquorum, cum singulorum succincta descriptione et accurata enarratione, auctore JAC. OYSELIO. Amstelodami, Boom, 1667. 1 vol. in-4, rel.

275 — Numismata ærea imperatorum, Augustorum et Cæsarum in coloniis, municipiis et urbibus jure latio donatis, auct. Jo. VAILLANT. Parisiis, 1688. 2 tom. 1 vol. in-fol., rel.

276 — Numismata imperatorum romanorum præstantiora a Julio Cæsare ad Postumum et Tyrannos, auct. Jo. VAILLANT. Parisiis, 1674. 2 tom. 1 vol. in-4, rel.

277 — Thesaurus Morellianus, sive familiarum romanarum numismata omnia a celeberrimo antiquario ANDREA MORELLIO. Edidit et commentario perpetuo illustravit Sigebertus Havercampus. Amstelodami, Wertinius et Smith, 1734. 2 vol. in-fol., rel.

278 — **Numismata imperatorum romanorum a Trajano Decio ad Palæologos Augustos.** Accessit Bibliotheca nummaria, opera et studio D. ANSELMI BAUDORI. Lut. Paris. Montalant, 1718. 2 vol. in-fol., rel.

280 — **La science des médailles** pour l'instruction de ceux qui commencent à s'appliquer à la connaissance des médailles antiques et modernes. Paris, Lucas, etc. 1692. 1 vol. in-12, rel.

281 — **La science des médailles** (par JOSEPH JOBERT) avec des remarques par Jos. Bimard, baron de la Bastie. Paris, de Bure, 1739. 2 vol. in-12.

282 — J. BOISARD. **Traité des monnaies.** Paris, Jac. Lefebvre, 1711. 2 vol. in-12, rel.

Rare. Cette édition renferme un traité de l'alliage et de la fabrication des monna ies qui en a fait défendre la réimpression sous l'ancien régime.

283 — CHARLES PATIN. **Histoire des médailles ou introduction à la** connaissance de cette science. Paris, Cramoisy, 1695. 1 vol. in-12, rel.

285 — THOMAS MANGEART. **Introduction à la science des médailles** pour servir d'introduction à la connaissance des dieux, de la religion, des sciences, etc. Paris, d'Hourry, 1763. 1 vol. in-fol., rel.

286 — **Médailles du règne de Louis XV**, par FLEURIMONT. 1 vol. petit in-fol., sans nom de lieu et sans date.

288 bis. — **Dictionnaire des artistes,** par L'ABBÉ DE FONTENAY. Paris, 1776. 2 vol. in-12.

289 bis. — **La vie militaire, politique et privée de mademoiselle Eon ou** d'Eon de Beaumont, par M. DE LA FORTELLE. Paris, 1779. 1 vol. in-12.

290 — **La vie du vicomte de Turenne,** par M. DU BUISSON (Courtilz de Sandras). Cologne, Jean de Clou, 1685. 1 vol. in-12.

291 — **Les hommes illustres** qui ont paru en France pendant le XVIIe siècle, par M. PERRAULT. La Haye, 1736 2 tom. in-fol., 1 vol

291 bis. — **Vie de Philippe II,** roi d'Espagne, trad. de l'italien de GREGORIO LETI. Amsterdam, 1734. 6 vol. in-12.

292 — **Bibliothèque historique et critique** des auteurs de la Congrégation de Saint-Maur, par D. FILIPE LE CERF. La Haye, 1726. 1 vol. in-12.

293 — **Abrégé de la vie de Dom Jean Mabillon,** par DOM THIERRY RUINART. Paris, 1709. 1 vol. in-12, rel.

294 — **Bibliotheca instituta et collecta** primum a CONRADO GESNERO, deinde aucta per JOSIAM SIMLERUM, jam vero locupletata per JOANNEM JACOBUM FRISIUM. Tiguri, 1585. 1 vol. in-fol., rel.

295 — JACQUES LELONG. **Bibliothèque historique de la France,** augmentée par FEVRET DE FONTETTE. Paris, Hérissant, 1768-78. 5 vol. in-f°, rel.

295 bis. — **Bibliothèque historique et critique des auteurs de la Con-

grégation de Saint-Maur, par Philippe le Cerf. La Haye, 1726, 1 vol. in-12.

296 — **Auteurs déguisés sous des noms étrangers.** Paris, 1690. 1 vol. in-12, rel.

296 *bis*. — Fournier. **Dictionnaire portatif de bibliographie.** Paris, '805. 1 vol. in-8, rel.

297 — Cailleau. **Dictionnaire bibliographique, historique et critique des livres rares.** Paris, 1791. 4 vol. in-8 rel.

298 — **Histoire de l'origine et des premiers progrès de l'imprimerie,** par Prosper Marchand. La Haye, vᵉ Levier, 1740. 1 vol. in-4.

299 — Dudin. **L'art du relieur-doreur de livres.** 1772, in-fol., broché.

300 — De Bure **Bibliographie instructive ou Traité de la connaissance des livres.** Paris, de Bure, 1764-68. 7 vol. in-8. Double.

301 — **Catalogue des livres de la bibliothèque de M.** Secousse (avec une indication des prix). Paris, Barrois, 1755. 1 vol. in-8.

305 — **L'état de la France.** Paris, 1722. 4 vol. in-12.

306 — **Baluzii Miscellanea.** Paris, 1678-1715. 7 vol. in-8.
On y a ajouté un portrait de l'auteur.

307 — Mezerai. **Abrégé chronologique de l'histoire de France.** Amsterdam, 1707. Bonne édition, avec additions.

308 — **Portraits d'oyseaux, animaux, serpents, herbes, etc.,** le tout enrichi de quatrains. Paris, 1557. Réglé. Fig. coloriées.

309 — Du Molinet. **Figures des différents habits de chanoines réguliers.** Paris, 1666. In-4.

310 — **Coemeteria sacra** Henrici Spondani. Parisiis, 1638. In-4, parch.

311 — **Les observations de plusieurs singularités,** par Pierre Belon du Mans. Paris, 1553. In-4.
A la suite se trouvent : 1° trois traités de la philosophie naturelle, plus les figures hiéroglyphiques de Nicolas Flamel. Paris, 1612. In-4.

312 — Millin. **Voyage dans le midi de la France.** Paris, 1807. 5 vol. in-8.

313 — **Dictionnaire historique de la ville de Paris et de ses environs,** par Hurtaut. Paris, 1779. 3 vol. in-8.

314 — L'abbé Lebœuf. **Histoire de la ville et du diocèse de Paris,** 1754-57. 15 vol. in-12.

315 — **Plan des principales places de guerre et villes maritimes de France,** par Leman de la Jaille. Paris, 1736. 1 vol. in-12.
Les places de la Picardie sont comprises dans cet ouvrage.

316 — Pierre de Lestoile. **Journal de Henri IV.** 1732. 2 vol. in-12.

317 — NECKER. De l'importance des opinions religieuses. 1788. 1 vol. in-8.

318 — J. RICQUII de capitolio romano Commentarium. Lugduni Batavorum, 1669. In-18, parch. avec planches dans le texte.

319 — NIEWPORT. Antiquitatum romanarum compendium. Trajecti ad Rhenum, 1723 In-18 parch. Planches dans le texte.

320 — Nouveau voyage d'Italie, enrichi de nombreuses figures. La Haye, 1712. 3 vol. in-12. Bel exemplaire.

321 — BRUNETTES ou Petits airs tendres, mis en ordre par BULLART. Paris, 1703. 3 vol. in-12.

322 — GOSSE. Histoire de l'abbaye et des chanoines réguliers d'Arrouaise. Lille, 1786. In-4.

323 — Les sceaux des comtes de Flandre, trad. du latin. Bruges, 1641. 1 vol. petit in-fol. avec nombreuses figures.

324 — MONTFAUCON. Diarium italicum. Paris, imprimerie royale, 1702. 1 vol. in-4.

325 — MONTFAUCON Antiquité expliquée. 1722-1757. 10 vol. in-fol. complet, suppléments compris.

326 — Insignium romanorum templorum prospectus exteriores inte rioresque, auct. JACOBO DE RUBEIS. 1684. In-fol. avec 71 planches.

327 — Le fabriche vedute di Venetia, da LUCA CARLEVARIIS. Venetia, Finazzi, 1703. In-fol. oblong, composé de 103 planches.

328 — Serie de gran maestri del sacro militar ordine Gerosolimitano. 1703. In-fol.
(Ce volume contient les portraits des grands maîtres de 1080 à 1741.)

329 — Histoire de l'ancien et du nouveau Testament, enrichie de 400 fig. en taille-douce. Anvers, Pierre Mortier, 1700. 2 vol. gr. in-fol. doré et marbré sur tranches.

330 — Le Antichit romane, opera del cavaliero GIAMBATISTA PIRANESI. In Roma, 1784. 4 vol. grand in-fol. Grandes marges. Très-bel exemplaire.

331 — Œuvres d'ÉTIENNE PASQUIER, avec les lettres de son fils Nicolas. Amsterdam, 1723. 2 vol. in-fol. Très-bel exemplaire. Belles marges.

332 — Atys, tragédie avec la musique de LULLY. Musique et paroles. Paris, 1709. 1 vol. in-fol. gravé.

333 — La sainte Bible, en français, avec sommaires et extraits de Baronius, par PIERRE FRISON. Paris, sans date, mais de la fin du XVIIe siècle. 1 vol. in-fol. Figures.

334 — Explication des cent estampes qui représentent différentes na-

tions du Levant, avec de nouvelles estampes des cérémonies turques. Paris, 1715. Grand in-fol. Maroquin rouge. Grandes marges.

335 — **Chronique de Flandre**, par DENYS SAUVAGE. Lyon, 1561. 1 vol. in-fol. Belles marges.

336 — **Les familles de France**, illustrées par les monuments des médailles anciennes et modernes, par JACQUES DE BIE. Paris, 1636. 1 vol. in-fol. Belles marges.

337 — **Nova planta di Roma**, da GIAMBATISTA NOLLI. 1748. Grand in-fol.

338 — **Voyage littéraire de deux bénédictins** (dom **Martin** et dom **Durand**). Paris, 1717. 2 vol. in-4.

339 — **Description des pierres gravées du cabinet du duc d'Orléans**. Paris, 1780. 3 vol. in-fol. 2 vol. de texte. 1 vol. de planches. Bel exemplaire.

340 — **Le cabinet de la bibliothèque de Sainte-Geneviève**, par CLAUDE DU MOLINET. Paris,.1680. 1 vol. grand in-fol. Nombreuses planches.

341 — **Spicilegium Antiquitatis**, auct. L. BERGERO. 1692. 1 vol. in-fol. Nombreuses planches insérées dans le texte.

342 — **Histoire des Papes**. Sans nom d'auteur (la dédicace est signée Duchesne). Paris, 1653. 2 vol. in-fol. Portraits.

343 — **Voyage astronomique dans l'État de l'Église**, par les PP. MAIRE et BORROVICH (pour la mesure du méridien terrestre). Paris, 1770. 1 vol. in-4, avec cartes.

344 — **Histoire de la ville et comté de Valenciennes**, par D'OUTREMAN. Douai, 1639. Petit in-fol. Plan.

345 — HADRIANI VALESII. **Notitia Galliarum**, Paris, 1676. 1 vol. in-fol. Grandes marges.

346 — **Les chroniques et annales de France** de FRANÇOIS DE BELLEFOREST. Paris, au Griffon, 1573. Réglé. Belles marges avec quelques portraits.

347 — HORATII FLACCI **Emblemata, studio Othonis Voeni**. 1607. 1 vol. in-4. Planches.

348 — **Abrégé de l'histoire française**, avec les effigies des rois, par H. C. Paris, 1597. 1 vol. in-fol. Figures et pages encadrées.

349 — **Description de l'abbaye de La Trappe**, par ANDRÉ FÉLIBIEN. Paris, 1671. Petit in-18.

350 — **Épitome de l'histoire romaine** de FLORUS, mis en français sur les traductions de Monsieur, frère unique du roi. Paris, 1670. 1 vol. in-18.

351 — **Œuvres de** MOLIÈRE, nouvelle édition enrichie de figures en taille-douce. Paris, Cloutier, 1710. 8 vol. petit in-8.

352 — **Histoire des villes de France,** par ARISTIDE GUILBERT. Paris, 1845. 6 vol. in-4, reliés (blasons coloriés).

353 — **Monnaies féodales de la France,** par FAUSTIN POEY D'AVANT. Paris, 1862. 3 vol. in-4, brochés.

354 — **Histoire métallique de Napoléon.** Londres, 1819. 1 vol. in-4, rel. avec planches.

355 — **Histoire de France,** par HENRI BORDIER et ÉDOUARD CHARTON. Paris, 1859. 2 vol. gr. in-8, planches.

356 — **Le Jardin des Plantes,** par LEMAOUT. Paris, Curmer, 1840. 1 vol. in-8, relié. Vignettes et planches coloriées.

357 — **Le Jardin des Plantes,** par BERNARD et COUAILHAC. Paris, Curmer, 1842. 2 vol. in-8.

358 — **Recueil de gravures coloriées de** BUFFON, dessinées et gravées par Martinet. 2 vol. petit in-fol., rel., bel exemplaire.

359 — **Iconographie des contemporains** de 1789 à 1825. 1 vol. in-8, relié.

360 — **Jérusalem et la Terre sainte,** notes de voyage par l'abbé G. D, illustrations de M. Rouargue. Paris, Belin et Le Prieur. 1 vol. gr. in-8, doré sur tranches.

361 — **Galerie historique des illustres Germains** depuis Arminius jusqu'à nos jours, avec leurs portraits et des gravures. Paris, 1806. 1 vol. in-fol., rel.

362 — **La cassette de saint Louis,** par EDMOND GANNERON, reproduction en or et en couleurs. Paris, 1855. 1 vol. in-fol., rel.

363 — **Recueil de médailles de rois qui n'ont point encore été publiées et qui sort peu connues.** Paris, Guérin, 1762-1770. 9 vol. in-4, rel. Planches. Très-bel exemplaire.

364 — **Voyage illustré dans les cinq parties du monde** de 1846 à 1849, par ADOLPHE JOANNE. Paris. Gravures. 1 vol. in-fol., rel.

365 — **Les généalogies de 77 familles de France,** par ÉTIENNE DE CYPRE. Paris, 1586. A la suite: la religion des anciens romains par du Choul. Lyon, 1567. 1 vol. in-4, parchemin.

366 — **Vedute di Roma antiche e moderne,** incise a BATTINO DA PIETRO e ACHILLE PARBONI. 1830. 1 vol. in-fol., oblong. Très-belles épreuves.

367 — **Nécrologie de l'abbaye de Port-Royal des champs** par DOM RIVET. Amsterdam, 1723. In-4, planches et portraits ajoutés. A la suite diverses pièces concernant Port-Royal.

368 — **Chronicon gestorum in Europa** a PAULO PIASECIO, juxta exemplar Cracoviæ. 1 vol. petit in-fol, parchemin (XVIIᵉ siècle).

369 — **L'architecture militaire moderne,** par MATTHIEU DOGEN. Amsterdam, Elzevier, 1648. In-fol., parchemin, avec plans. Très-belles marges.

370 — LINDEMBROGII **Scriptores rerum germanicarum, cum novo auc-**tuario. Hamburgi, 1706. 1 vol. in-fol., parchemin.

371 — **Les armes et blasons des chevaliers de l'ordre du Saint-Esprit.** Paris, 1623. Petit in-4.

372 — **Vie de Notre-Seigneur Jésus-Christ,** par l'abbé BRISPOT. Paris, 1853. 2 vol. in-fol., rel. avec gravures.

373 — **Paris dans sa splendeur,** monuments, vues, scènes historiques, etc. Paris, Henri Charpentier, 1871. 3 vol. gr. in-fol.; reliés.

374 — **Œuvres** de BUFFON, avec des extraits de Daubenton. 6 vol. gr. in-8. Paris, 1839. Avec gravures en noir et en couleur.

375 — **Châteaux et ruines historiques de la France,** par DELAVERGNE. Paris, 1845. 1 vol. gr. in-8, avec gravures.

376 — **Glossaire de la langue romane,** par J.-B. ROQUEFORT. Paris, 1808. 3 vol. in-8.

377 — **Dialogue de trois vignerons du pays du Maine** sur les misères de ce temps, par JEAN SOUSNOR. VIIIᵉ éd. Rouen, 1734. Petit in-8.

378 — **Traité historique** de la danse, par DE CAHUZAC. La Haye, 1754. 1 vol. in-18.

379 — **Nouvel abrégé chronologique de l'histoire de France,** par le président HÉNAULT. 1746. 1 vol. petit in-8.

380 — **Histoire des perruques,** par JEAN-BAPTISTE THIERS. Avignon, 1777. 1 vol. in-12.

381 — JEAN RACINE. **Œuvres dramatiques,** suivies des poésies et des ettres. Paris, 1750. 3 vol. in-12.

382 — **Lettres juives** (par le MARQUIS D'ARGENS). La Haye, 1754. 8 vol. in-12.

383 — **Preces S. Niersis Clajensis Armeniorum patriarchæ** (en vingt-quatre langues). Venetiis, in insula S. Lazari, 1823. 1 vol. in-18.

384 — **Histoire de l'origine de la royauté,** avec dédicace à Louis XIV. (Sans date ni lieu). Petit in-8

385 — **Epitome adagiorum.** Antuerpiæ, Plantin, 1566. 1 vol. in-8.

386 — PETRI BEMBI **quotquot extant opuscula insigniora.** Basileæ, 1512. 1 vol. in-8.

387 — **Catalogue de livres d'estampes,** par l'ABBÉ DE MAROLLES. Paris, 1672. 1 petit in-18.

388 — PHILOSTRATE. **Les images ou tableaux de plate peinture.** Paris, 1629. 1 vol. in-fol. Belles marges.

389 — LEBLANC. **Traité des monnaies de France.** Amsterdam, 1692. In-4.

390 — **Officinæ** RAVISII TEXTORIS. Lugduni, 1560. 1 vol. in-8.

391 — RENATI DESCARTIS Epistolæ. Amsterdam, Elzevier, 1668. 2 vol. in-4. Très-belle édition.

392 — Mémoires de la vie du comte de Grammont contenant l'histoire amoureuse de la cour d'Angleterre sous Charles II. Cologne, Pierre Marteau, 1713. 1 vol. in-8.

393 — La grande danse macabre. Paris, 1728. In-4. Figures et texte.

394 — Les tablettes guerrières, ou cartes choisies pour la commodité. des officiers et des voyageurs, contenant toutes les cartes générales du monde, etc. Amsterdam, Paul de la Feuille, 1711. 20 centimètres de haut sur 8 de large.

395 — Histoire de la décadence de l'empire grec, de la traduction de BLAISE DE VIGENÈRE. Paris, Béchet, 1662. In-fol., avec planches.

396 — Thesaurus sacrarum historiarum elegantissimis imaginibus expressus, sumptibus GERARDI DE IODE. 1579. In-fol. oblong.

397 — La vie de saint Bruno, peinte par EUSTACHE LESUEUR, gravée par François Chevreau. Paris, Cousinet, sans date. 22 planches in-fol.

398 — La somptuosa illuminazione di Torino. (Cette illumination a été faite, à l'occasion du mariage du roi Ch.-Emmanuel.) Torino, 1737. 1 vol. in-fol.

399 — Abrégé de la vie des Saints, avec de courtes réflexions et des oraisons à l'usage des maisons et colléges de la Compagnie de Jésus. 1 vol. in-fol. contenant sur l'une des pages 16 petits compartiments de texte, et sur l'autre 16 petits compartiments de figures avec des oraisons. 1738. 1 vol. in-fol.

400 — Sacræ historiæ acta, in vaticanis xystis a Raphaele Urbino ad picturæ miraculum expressa. Nicolaus Chapron delineavit et incisit. Petrus Mariette excudit. XVIIIᵉ siècle. In-fol. oblong. 52 planches. Très-belle conservation.

401 — Les travaux d'Ulysse, peints à Fontainebleau par le PRIMATICE et gravés par THÉODORE VAN THULDEN. 1633. In-fol. oblong. 58 planches.

402 — Descrizione topografica delle antichità di Roma, di STEFANO PIOLE Romano. Roma, 1824. 1 vol. in-4, avec planches.

403. CLERCQ. Recueil de vignettes gravées. Paris, Jora. XVIIIᵉ siècle. Petit in-18 oblong.

404 — Mémoires du cardinal de Retz. Paris, Ledoux, 1820. 6 vol. in-8.

405 — FÉNELON. Œuvres. Paris, 1822. 10 vol. in-12, avec portraits.

406 — Histoire de France, par ANQUETIL, avec la continuation de MM. Théodore Burette et Van Tenac. Paris. 10 vol. in-8, brochés.
A paru vers 1852.

407 — La sainte Bible, latin-français, par DE GENOUDE. Paris, 1829. 5 vol. in-4, brochés.

408 — **Révolution française**, par ALBERT MAURIN. 5 vol. in-4, brochés. Portraits sur acier.

409 — GESNER. Œuvres. Paris, 1796. 3 vol. in-8 ornés de figures.

410 — MONTESQUIEU. L'esprit des Lois. Paris, 1815. 6 vol. in-16.

411 — LACRETELLE. Histoire de France pendant le XVIIIᵉ siècle. Paris, 1819. 6 vol. in-8.

412 — MICHAUD. Histoire des croisades. Paris, 1819. 7 vol. in-8.

413 — **Histoire de Henri le Grand**, par HARDOUIN DE PÉRÉFIXE. Paris, 1822. 1 vol. in-8. Portrait.

414 — **Mémoires de Frédéric, baron de Trenck.** Strasbourg, 1789. 3 vol. in-8.

415 — **Mémoires du duc de Sully.** Paris, 1822. 6 vol. in-8. Portrait.

416 — **Mémoires de Mad. Campan relatifs à la Révol. française.** Paris, 1823. 3 vol. in-8.

417 — **Mémoires concernant Marie-Antoinette**, par WEBER. Paris, 1822. 2 vol. in-8.

418 — **Mémoires pour servir à l'histoire de la fin du règne de Louis XVI**, par DE MOLLEVILLE. Paris, 1816. 2 vol. in-8.

419 — **Sacre et couronnement de Louis XVI.** Paris, 1775. Gravures en taille-douce. 1 vol. in-8.

420 — **Des cérémonies du sacre**, par LEBER. Paris, 1825. 1 vol. in-8, orné de 48 planches.

421 — Œuvres de LORD BYRON, traduction Pichot. Paris, 1835. 6 vol. in-8.

422 — **Les arts somptuaires**, texte explicatif par CHARLES LOUANDRE. 4 vol. in-4; 2 de texte, 2 de planches. Paris, 1857. Impressions en couleurs par Hangard Maugé. Les planches sont au nombre de 320, du Vᵉ au XVIIIᵉ. Magnifique reliure. Doré sur tranches

423 — **Le moyen âge et la renaissance** par PAUL LACROIX, dessins par Bivaud. Paris, 1848. 5 vol. in-4.

424 — **Musée de peinture et de sculpture**, ou recueil des principaux tableaux, statues et bas-reliefs des collections publiques et particulières de l'Europe, dessinés et gravés à l'eau forte par Reveil. Paris, 1829. 17 vol. in-12.

425 — Œuvres de WALTER SCOTT, traduction Defauconpret. Paris, 1830. 32 vol. in-8.

426 — **Abrégé de l'histoire générale des Voyages**, par LA HARPE. Paris, 1820. 24 vol. in-8.

427 — **Les cathédrales de France**, par l'ABBÉ BOURASSÉ. Tours, 1843. 1 vol. in-8.

428 — **Description de la cathédrale de Milan.** Milan, 1830. 1 vol. in-8, belle reliure.

429 — **Souvenirs historiques et pittoresques du Pas-de-Calais.** Boulogne, 1827. 1 vol. in-8 (nombreuses planches).

430 — **La fortification réduite en art et démontrée,** par ERRARD de Bar-le-Duc. Paris, 1600. 1 vol. in-fol. avec planches.

431 — **Album pittoresque des principaux monuments de Bruges,** par OCTAVE DELEPIERRE. Bruges, 1837. 1 vol. in-fol.

432 — **Les augustes représentations des roys de France depuis Pharamond jusqu'à Louis XIV** (en 65 portraits). 1714. 1 vol. in-4.

433 — **Les curiosités de Milan et de ses environs** (album de gravures). 1820. 1 vol. in-4, oblong.

434 — **Facciate delli palazzi più cospicui della citta di Napoli,** data in luce da Paolo Petrini. 1718. 1 vol. oblong.

435 — **Les rives de la Seine,** lithographiées par Dérot, 1831. 1 vol. oblong, avec 39 planches.

436 — **Variorum protractionum libellus** (recueil gravé de modèles d'ornementation pour les compartiments). Antuerpiæ, Gerardus Judeus, 1557. Gr. in-8, broché.

437 — **Recueil de monnaies gravées.** Texte hollandais. La Haye, 1614. 1 vol. petit in-4, broché (il manque une page).

438 — **Ritratti di centi capitani illustri,** intagliati da ALIPRANDO CAPRIOLO. In Roma, 1596. 1 vol. in-4, parchemin.

439 — **Traités divers, relatifs aux sciences occultes,** suivis d'un traité de fortification, avec figures. 1 vol. broché, sans couverture.

440 — **Compendium** ROBERTI GAGUINI **super Francorum gestis.** Paris, THIELMAN KERVER, 1500. 1 vol. in-4, broché.

441 — **La Géomance du seigneur** CHRISTOFE DE CATTAN. Paris, 1657. 1 vol. in-4 broché (avec des tableaux représentant la juxtaposition des astres et les figures de constellations).

442 — **Représentation de l'ancien habillement de Strasbourg,** XVIIIe siècle. 1 vol. in-4, broché.

443 — **Sermones** MICHÆLIS DE UNGARIA. Paris, Pierre Levet, 1497. 1 vol. in-12.

444 — **Remarques sur les souverains pontifes romains avec leurs armes blasonnées en taille-douce,** par le père MICHEL GORGUE. Abbeville, Laurens Morry, 1659. 1 vol. in-4, avec figures et armoiries gravées par Robert Cordier, d'Abbeville.

445 — **Le microcosme contenant les tableaux de la vie humaine.** Amsterdam. 1 vol. in-4, parchemin.

446 — **Plan d'imposition économique et d'administration des finances.** Paris, 1774. 1 vol. in-4, broché.

447 — **Tarif général des droits dépendants des cinq grosses fermes de France.** Paris, 1633. 1 vol. in-4, parchemin.

448 — **Arrests du parlement de Paris rendus contre les Jésuites le 6 août 1761 et 1762.** 1 vol. in-4, broché.

449 — **Le blason des armoiries** (par HIÉROME BARA, parisien), imprimé par Barthélemy Vincent, 1581. 1 vol. in-4, parchemin.
Ce Barthélemy était un gentilhomme picard de la famille des Vincent de Tournon.

450 — **L'estat et comportement des armes**, par JEAN SCOHIER. Paris, 1630. 1 vol. in-fol., parchemin.

451 — **Représentation à Monsieur le lieutenant-général de police de Paris sur les courtisanes à la mode et les demoiselles de bon ton.** Paris, de l'imprimerie d'une société de gens ruinés par les femmes, 1762. 1 vol. in-4, broché.

452 — **Le Danube illustré**, vues d'après nature dessinées par BARLETT. 2 vol. in-4.

453 — **Paysages historiques et illustration de l'Écosse.** De Luisse. (Romans de Walter Scott), d'après les dessins de Turner. Londres, Fisher (sans date). 1 vol. in-4, bel exemplaire.

454 — **Itinéraire pittoresque du nord de l'Angleterre**, contenant 73 vues, texte français par GÉRARD. Londres, Fisher, 1836. 1 vol. in-4.

455 — **Introduction à la science du blason.** 17 planches. Paris, Vanheck. In-fol., broché, sans date.

456 — **Annotations** de VIGENÈRE sur la première décade de Tite-Live. 1681. 1 vol. in-fol., broché. Les dernières pages manquent.

458 — **La Touraine**, histoire et monuments, par l'abbé BOURASSÉ. Tours, Mame, 1855. 1 beau volume in-fol. avec reliure chagrin vert, doré sur tranches.

UNE BELLE COLLECTION D'ELZEVIERS ET QUELQUES BEAUX LIVRES DE MESSE ET DE PRIÈRES DES XVIᵉ ET XVIIᵉ SIÈCLES, ORNÉS DE VIGNETTES ET D'ENCADREMENTS SUR BOIS.

DEUXIÈME SÉRIE

OUVRAGES

INTÉRESSANT ABBEVILLE, AMIENS ET L'HISTOIRE DES PROVINCES

(Voir plus loin le catalogue des manuscrits, des dessins et gravures.)

1 — Le Nobiliaire de Picardie. 2 vol. gr. in-fol. Bel exemplaire.

2 — Recueil de cartes géographiques, par NICOLAS SANSON. 5 vol. in-fol.

3 — Le Coutumier de Picardie, avec des questions importantes sur plusieurs articles des coutumes, traitées par les plus célèbres avocats u Parlement. Paris, 1726. 2 vol. in-fol.

4 — Histoire des comtes de Ponthieu et des mayeurs d'Abbeville, par PÈRE IGNACE. Paris, 1657. 1 vol. in-fol. (Annoté par M. de Bommy).

5 — Azincourt, par RENÉ DE BELLEVAL. Paris, 1865. 1 vol. in-8.

6 — Satires picardes, par HECTOR CRINON. Péronne, 1863. in-8.

7 — Édèle de Ponthieu. Paris, 1723. 1 vol. in-12 (double).

9 — Coutumes générales de la sénéchaussée de Ponthieu, par M. DELE-GORGUE. Amiens, 1766. 2 vol in-12.

10 — Histoire du comté de Ponthieu, par DEVÉRITÉ. Londres, 1767. 2 vol. in-12. double.

11 — Essai sur l'histoire de Picardie. Abbeville, 1770. 2 vol. in-12.

12 — Coutumes de la sénéchaussée de Ponthieu. Amiens, 1685. 1 vol. in-32.

13 — Tableau historique des sciences, belles-lettres et arts de la province de Picardie, par le Père DAIRE. Paris, 1768. 2 vol. in-8.

14 — L'abbaye du Gard, par l'abbé DELGOVE. Amiens, 1866. 1 vol. in-8.

15 — Trésor généalogique de la Picardie, par un gentilhomme picard. Amiens, 1860. 1 vol. in-8, broché.

16 — Rambures. Episode des guerres du temps de Charles VII, par ALBERT DU CASSE. Limoges, 1845. 1 vol. in-8, broché.

17 — Lettres sur le département de la Somme, par DUSEVEL. Amiens, 1827. 1 vol. in-12, broché.

18 — Les usages locaux du département de la Somme, par BOUTHORS. Amiens, 1861. 1 vol. in-8, broché.

19 — Histoire civile et ecclésiastique de la ville de Montdidier, par le Père DAIRE. 1765. 1 vol. in-8.

21 — Dissertation sur les camps romains de la Somme, par le comte D'ALLONVILLE. Clermont, 1828. 1 vol. in-4.

22 — Nobiliaire de la Picardie, par HAUDIQUER DE BLANCOURT. Paris, 1695. 1 vol. in-4, double.

23 — Histoire des pays et comté du Perche et duché d'Alençon, par GILLES BRY. Paris, 1620. 1 vol. in-4. Parch.

24 — Les quatre parties du Monde, par NICOLAS SANSON. 1 vol. in-4. Parch.

25 — Histoire de la ville de Doullens et localités voisines, par WARRÉ. Doullens, 1863. 1 vol. in-8, broché.

26 — Histoire de la ville de Saint-Quentin, par LOUIS NORDRET. Paris, 1781. 1 vol. in-8.

27 — La journée de Mons en Vimeu et le Ponthieu, par RENÉ DE BEL- LEVAL. Paris, 1861. 1 vol. in-12, broché.

28 — Biographie des hommes célèbres du département de la Somme. Amiens, 1826. 9 brochures.

29 — Résumé de l'histoire de Picardie, par LAMI. Paris, 1825. 1 vol. in-16, broché.

30 — Généalogie historique de la maison de Grouches de Chepy, par CLABAULT. Paris, 1778. 2 vol. in-4, brochés.

31 — Eglises, châteaux, beffrois, hôtels de ville de Picardie et d'Artois. Amiens, 1846. 2 vol. in-4.

32 — Archives historiques et ecclésiastiques de la Picardie et de l'Artois, par ROGER. Amiens, 1842. 1 vol. in-8.

33 — Histoire générale de la province d'Artois, par HENNEBERT. Lille, 1786. 3 vol. in-8.

34 — Description du département de la Somme, ornée de lithographies. Amiens, 1834. 2 vol. in-8.

35 — Mémoires de la Société des Antiquaires de Picardie. Documents inédits concernant la province. 6 vol. dont 2 brochés.

36 — **Archives de Picardie.** Amiens, 1841. 2 vol. in-8.

37 — **Biographie des hommes célèbres du département de la Somme.** Amiens, 1835. 2 vol. in-8.

38 — **Histoire des comtes d'Eu** par ESTANCELIN, avec vues lithographiques. 1 vol. in-8. Paris, 1828.

39 — **Glossaire du patois picard ancien et moderne** par L'ABBÉ COR-BLET. Paris, 1851. 1 vol. in-8, broché.

40 — **La ville d'Eu** par DÉSIRÉ LEBEUF. Eu, 1844. 1 vol. in-8, broché.

41 — **Bataille de Crécy** par AMBERT. Abbeville, 1851. 1 vol. in-8, broché.

42 — **Topographie médicale et physique de la ville d'Abbeville** par le docteur A. HECQUET. Amiens, 1857. 1 vol. in-8, broché.

43 — **Description historique de l'église de Saint-Riquier en Ponthieu** par GILBERT. Amiens, 1836. 1 vol. in-8, broché (double).

44 — **Les antiquités de la ville d'Amiens** par ADRIEN DE LA MORLIÈRE. Paris, 1642. 2 vol. in-fol.

45 — **Histoire de la ville d'Amiens** enrichie de cartes et gravures par le PÈRE DAIRE. Paris, 1757. 3 vol. in-4.

46 — Le même ouvrage (manque le 3e vol.)

47 — **Histoire littéraire de la ville d'Amiens** par L'ABBÉ DAVIS. Paris, 1782. 2 vol. in-4.

48 — **Monuments de la ville d'Amiens**, dessinés par Duthoit frères. Amiens, Machart. 1 vol. in-8.

49 — **Le premier livre des Antiquités d'Amiens** par DE LA MORLIÈRE. Paris, 1627. 1 vol. in-4 (triple).

50 — **Le livre de sainte-Theudosie**, orné de gravures. Amiens, 1854. 2 vol. in-4, brochés.

51 — **Histoire de la ville d'Amiens** depuis les Gaulois jusqu'à 1830, par DUSEVEL. Amiens, 1832. 2 vol. in-8 (double).

52 — **Histoire de la ville d'Amiens et de ses comtes** par LOUIS DUFRESNE DU CANGE. Amiens, 1840. 1 vol. in-8.

53 — **Description de la cathédrale d'Amiens** par GILBERT. Amiens, 1833. 2 vol. in-8, brochés (double).

54 — **Description de la cathédrale d'Amiens** par MAURICE RIVOIRE. Amiens, 1806. 1 vol. in-8.

55 — **Œuvres de Gresset.** Paris, 1811. 2 vol. in 8 (portrait).

56 — **Les stalles de la cathédrale d'Amiens** par JOURDAIN et DUVAL. 1 vol. in-8, broché.

57 — **Coutumes du bailliage d'Amiens** commentées par RICARD. Abbeville, 1781. 1 vol. in-12.

58 — **Manuscrits de Pagès** sur Amiens et la Picardie. Amiens, 1856. 6 vol. in-12, dont un de supplément.

59 — **Recueil de pièces diverses sur saint Firmin.** 1 vol. in-4.

60 — **Histoire ecclésiastique d'Abbeville** par le PÈRE IGNACE. Paris, 1646. 1 vol. in-4.

61 — **Recueil de mémoires** pour et contre différentes personnes d'Abbeville et du Ponthieu. 1 vol. in-4.

62 — **Recueil curieux sur Abbeville.** 24 aoust 1789 à la fin de l'année 1794. 1 vol. in-4.

63 — **Recueil curieux sur Abbeville.** 1594 à 1787. 1 vol. in-4.

64 — **Catalogue de la Bibliothèque communale d'Abbeville.** Abbeville, 1837. 2 vol. in-8.

65 — **Extrait de la flore** d'Abbeville et du département de la Somme par BOUCHER (le père de M. BOUCHER DE PERTHES). Paris, 1803. 1 vol. in-16.

66 — **Histoire ancienne et moderne d'Abbeville** et de son arrondissement par F.-C. LOUANDRE. Abbeville, 1834. 1 vol in-8, broché. Première édition (triple).

67 — **Histoire d'Abbeville et du comté de Ponthieu** jusqu'en 1789 par F.-C. LOUANDRE. Abbeville, 1845. 2 vol. in-8; brochés.

68 — **Annales modernes d'Abbeville** (deuxième édition augmentée) par ERNEST PRAROND. Abbeville, 1862 (tome 1er seul).

69 — **Notices sur les rues d'Abbeville** et les faubourgs par E. PRAROND. Abbeville, 1850. 1 vol. in-8, broché.

70 — **Biographie d'Abbeville** et de ses environs par F.-C. LOUANDRE Amiens, 1829. 1 vol. in-8, broché (onze exemplaires de cet ouvrage).

72 — **Lucrèce** par DE PONGERVILLE (d'Abbeville). Paris, 1823. 2 vol. in-8.
Première édition avec fac-simile de papyrus contenant des fragments d'Epicure.

73 — **Œuvres de Millevoye** (d'Abbeville) précédées d'une notice. Paris, 1820. 2 vol. in-8.

74 — **Œuvres complètes de Millevoye** ornées d'un portrait. Paris, 1822. 4 vol. in-8.

75 — **Mémoires de la Société d'Émulation d'Abbeville.** 10 vol. in-8.

76 — **Journal d'Abbeville** de 1812 à 1823. 12 vol. in-8.

77 — Volumineux dossier contenant les affiches des ordonnances de police municipale et les arrêtés des intendants de Picardie pour la ville d'Abbeville au XVIIIe siècle.

78 — Un lot de 10 pièces judiciaires, concernant des procès entre

personnes d'Abbeville et de l'arrondissement à propos du Château-Neuf dans le Marquenterre, des moulins de la Bouvaque et de Rue. In-4 et in-8.

79 — Arrêt du parlement relatif à M. de Valines et mémoires à consulter pour les sieurs Moisnel, du Maisniel de Saveuse et Douville de Maillefeu, injustement impliqués dans la mutilation du crucifix d'Abbeville, suivi de la sentence du chevalier de la Barre et autres pièces intéressantes. 1764 et 1766. In-4.

80 — Mémoires judiciaires relatifs aux débats survenus entre M. le comte de Boubers et la fabrique de Long. On y trouve des notes manuscrites par M. de Bommy et des vers de M. le comte de Boubers sur le retour des Bourbons. 8 pièces in-4.

81 — Quatre mémoires judiciaires intéressant des familles d'Abbeville.

82 — Recueil de 8 pièces relatives à l'histoire d'Abbeville, aux anciennes manufactures, au canal de la Somme, à l'église de Saint-Vulfran. Deux de ces pièces sont manuscrites. In-4.

83 — Recueil de 19 pièces de divers formats, comprenant des poésies de MM. Boileau, ancien maire d'Abbeville, Dargnies de Fresne, le père Silvestre, Clémenceau, lieutenant-général de la sénéchaussée de Ponthieu, Mondelot, un poème, *la Rapaxiade*, composé à l'occasion d'un débat survenu entre deux gentilshommes du Vimeu qui se disputaient les glaces d'un vieux château. *La Rapaxiade* n'a été tirée qu'à 25 exemplaires, dont 6 sur papier rose comme celui ici porté. Les vignettes sont de Thompson et Deveria.

84 — Notice extraite d'une relation du passage de Sa Majesté Louis XVIII et de son séjour à Abbeville les 20 et 21 mars 1815 (par M. de Boubers). Petite brochure in-16. Introuvable.

85 — Lot de 8 volumes de divers formats, contenant des pièces intéressantes pour l'histoire d'Abbeville et son arrondissement, extraites des cahiers des états de la sénéchaussée de Ponthieu; les discours d'ouverture de ces états et un petit manuscrit concernant la maison de refuge ouverte pour les personnes de l'Artois pendant la guerre de 1711.

86 — Diverses brochures de M. Traullé relatives à l'histoire du commerce d'Abbeville, aux Tombes, au trésor d'Hornoy, etc. avec des réfutations.

87 — Diverses brochures de M. Louandre père ; lettres de Louis XI, les Mayeurs d'Abbeville, Recherches sur la topographie du Ponthieu (cette dernière double).

88 — Dix-sept petits volumes reliés et brochés in-12 et in-16. Anciens offices des paroisses d'Abbeville et du Ponthieu; statuts d'associations pieuses, etc.

89 — Huit brochures et manuscrits concernant les graveurs d'Abbeville.

90 — Tableau général du maximum des denrées et marchandises qui se consomment ordinairement dans l'étendue du district d'Abbeville. Abbeville, an III de la République. 1 vol. in-fol.

91 — Consultation pour les propriétaires et habitants de Rue et de ses environs, défendeurs contre le comte d'Artois. 1781. 1 brochure in-4.

92 — Huit brochures intéressant la Picardie et le Ponthieu, Doullens, Amiens, Hesdin, etc. On y trouve la *Corographie* de l'ancienne Picardie par M. Ledieu, ouvrage connu par sa bizarrerie et aujourd'hui très-rare.

93 — Six volumes et petites brochures, comprenant les offices de Saint-Georges et de Sainte-Catherine et autres églises d'Abbeville, etc.

94 — Trois brochures de M. le marquis Lever avec lettres autographes. — Culte de Roth — Jean de Bailleul — Examen d'un diplôme de l'an 817, (très-rare), de plus le Catalogue de la bibliothèque de M. Lever, fort riche en indications sur l'histoire du Ponthieu.

95 — Généalogies de diverses personnes d'Abbeville et divers opuscules de M. le comte de Boubers et de M. de Vérité.

96 — Douze volumes, ouvrages imprimés et petits manuscrits concernant divers points intéressants de l'histoire ancienne et moderne d'Abbeville. Coutume de la sénéchaussée de Ponthieu, la vie de saint Angilbert (très-rare), etc.

97 — Huit années dépareillées des almanachs de Picardie.

98 — Recueil de brochures et pièces diverses, intéressant l'histoire d'Abbeville ainsi que quelques personnes de cette ville.

99 — Recueil in-4 de pièces imprimées dans lequel se trouve une ornithologie du département de la Somme.

100 — Itinéraire de la diligence de Paris à Abbeville et d'Abbeville à Calais, avec un plan. 1777. 1 vol. in-4.

101 — Rapport de l'adjudant-général Chazaux sur la reconnaissance des côtes de la Somme. an III. 1 broch. in-4.

102. — Pièces relatives à l'histoire de l'instruction publique à Abbeville; exercices littéraires et scientifiques soutenus par les élèves du collége de cette ville (9 pièces).

103. — Dossier de pièces relatives à l'histoire de la Révolution à Abbeville (très-curieux; 12 pièces).

Le Cri de la nation à ses pairs par Basseville. Fête civique célébrée à Abbeville le 28 septembre 1792 Discours du citoyen Sanson à la fête de l'Être suprême. Compte-rendu des officiers municipaux d'Abbeville de 1790 à 1792.

104. — Dossier de huit pièces relatives à l'histoire d'Abbeville au XVIIIᵉ siècle.

Lettres patentes et règlement de l'hôpital général. Précis pour les maîtres gribanniers. Mémoire à consulter pour les personnes inculpées dans l'affaire de la Barre. Cahier du tiers état de la sénéchaussée de Ponthieu etc.

105. — Mémoires judiciaires concernant le chapitre de Saint-Vulfran d'Abbeville, l'abbaye de Saint-Valery, les marguilliers de la paroisse Saint-Nicolas d'Abbeville et diverses personnes privées de cette ville (XVIII° siècle) (19 pièces).

106. — Dossier de douze pièces intéressant l'histoire industrielle et religieuse d'Abbeville.

Affaires du Jansénisme. Legs du chanoine Becquin à la bibliothèque d'Abbeville. Mémoire concernant la navigation de la Somme. Mémoire pour les sergents de la vingtaine. Actes et certificats de la sénéchaussée de Ponthieu ; manuscrit, etc.

107. — Recueil de pièces relatives à l'histoire ecclésiastique de la Picardie ; déclarations, lettres et mandements de l'évêque d'Amiens de 1740 à 1766.

108. — Deux pièces intéressant l'histoire d'Amiens.

Lettres à un curieux sur d'anciens tombeaux trouvés à Amiens. Épître de l'Église d'Amiens à monseigneur Sabatier son évêque (manuscrit).

109. — Recueil de pièces diverses relatives à l'administration générale du royaume, ou à des faits particuliers à l'administration de la sénéchaussée de Ponthieu.

110. — Pièces diverses relatives à l'histoire d'Abbeville, pendant le XVIII° siècle et la Révolution (11 pièces).

Établissement du Bureau de Bienfaisance. Statuts des drapiers. Ordonnances municipales. Lettres sur le canal souterrain de Picardie (manuscrit).

UNE BELLE COLLECTION DE LIVRES ÉCRITS PAR DES ABBEVILLOIS OU IMPRIMÉS A ABBEVILLE.

Outre les ouvrages ci-dessus indiqués, la bibliothèque de MM. de Bommy et de Saint-Amand renferme encore un très grand nombre d'ouvrages en bonnes éditions, principalement du XVII° et XVIII° siècles.

Tels sont entre autres :

Helvétius, — Satyre Menippée 1752 — Chateaubriand 1810 — Rollin Histoire ancienne — Les nuits d'Young — L'Esprit de la Ligue — Montesquieu 1828, belle édition — Levaillant : Voyages — Delille : Eneide 1804 — De Maistre : — OEuvres de Delille 1808 — Homère : traduction de Bitaubé — Ovide, traduction de Villenave avec belles gravures — Mémoires de M° de Genlis — Premières éditions du Manuel du libraire de

Brunet — Laharpe : Cours de Littérature 1818 (double) — Crevier :
Histoire des Empereurs — Causes célèbres intéressantes avec les jugements qui les ont décidées, 1738 et années suivantes — Histoire naturelle
de Buffon in-12 avec gravures — OEuvres de Fontenelle 1758 — Dictionnaire historique 1772 — Lettres de Me de Sévigné, édition Grouvel
1812 — Bibliothèque des Dames chrétiennes in-16, jolie édition —
Oraisons funèbres de personnages célèbres du XVIIIe siècle, avec diverses
pièces relatives aux affaires ecclésiastiques du temps, l'éloge funèbre
en vers de M. de Mongeron, célèbre par le rôle qu'il a joué dans les
affaires du Jansénisme ; à la fin se trouve l'Apologie des femmes —
Voyage d'Anacharsis — Mémoires de littérature de l'abbé d'Artigny —
OEuvres de Crébillon 1785 — Théâtre de Voltaire 1782 — Sénèque,
traduction de Lagrange — Essais de littérature de l'abbé Trublet —
Système de la nature — Remarques sur les tragédies de Racine —
Traité des études de Rollin — Cours de politique constitutionnelle
— OEuvres diverses de Daguesseau — Gilblas 1740 avec gravures —
Histoire ecclésiastique d'Allemagne, Bruxelles 1724 — De la Force,
Description des Châteaux — Li Quattro Poeti italiani — Byron —
Shakspeare — Mémoires de la Rochejaquelein — Proverbes français —
Ordres de chevalerie, etc., etc.

TROISIÈME SÉRIE

MANUSCRITS

1 — XVᵉ siècle. **Chronique inédite de Pierre le Prêtre, abbé de Saint-Riquier.** Petit in-fol. sur papier. 318 feuilles. Titres de chap. en lettres rouges. Vieille reliure.

Cette chronique contient sur les événements qui se sont passés en France de 1444 à 1477 de précieux renseignements Elle donne surtout des détails intéressants pour l'histoire de la région du Nord, et peut être considérée comme un utile complément de la chronique de Monstrelet. On y trouve des annotations de la main de M. de Bommy. C est le texte original ; il provient de Pierre le Prêtre qui l'avait légué à l'abbaye de Saint-Riquier.

2 — XVᵉ siècle. **Liber ordinarius ecclesiæ Longi-prati ad corpora sancta** (Longpré-les-Corps-Saints). 1 vol. petit in-fol. parchemin de 168 feuillets, plus 3 feuillets d'écriture de diverses dates contenant la relation de faits relatifs à l'église de Longpré. Majuscules en lettres rouges et bleues, parfaite conservation. Vieille reliure.

3 — XVᵉ siècle. **Le miroir historial** (de Vincent de Beauvais) translaté de latin en françoys par frère JEHAN DE VIGNAY.

Ce manuscrit en parchemin, grand in-fol., porte 45 cent de haut sur 33 de large. Il est orné de nombreuses miniatures, les unes en grisailles, les autres entièrement coloriées. Ces miniatures intercalées dans le texte se trouvent en général aux têtes de chapitres. Elles sont d'une excellente exécution. Le manuscrit porte les armes de la famille de Lannoy. Il ne contient que la première partie du Miroir historial.

4 — XIVᵉ siècle, première moitié. **Liber evangeliorum.** Petit in-fol. Parchemin. 224 feuillets. Ce manuscrit provient de l'église Saint-Martin d'Amiens.

Conservation parfaite. On trouve sur le premier feuillet, un encadrement d'un excellent goût ; et sur un certain nombre de feuillets, à l'intérieur du volume, des majuscules ornées d'une exécution remarquable. Reliure du temps en velours rouge.

5 — XIV⁰ siècle, première moitié. **Liber epistolarum.** Parchemin. Belle conservation. Non numéroté; majuscules ornées comme dans le précédent volume. La provenance est la même. Reliure du temps.

6 — XIV⁰ siècle, seconde moitié. **Livre d'heures.** Relié.

Ce manuscrit de 352 feuillets petit in 4 comprend un calendrier reproduisant en tête de chaque mois des formules astrologiques, telles que celle ci pour le mois de janvier.

> Prima dies mensis
> et septima truncat ut ensis.

Viennent ensuite les offices. Vingt-trois miniatures sont placées dans le texte, et quelques-unes remplissent entièrement les feuillets. Un grand nombre de ces feuillets sont ornés d'encadrements à fonds d'or sur lesquels se détachent des fleurs, des fruits, des papillons, des animaux. Les majuscules en tête des divers offices sont peintes sur fonds d'or, et celles en tête des pages sont peintes en or sur fonds écarlate. Ce livre d'heures peut soutenir, pour les encadrements, la comparaison avec les manuscrits les plus renommés.

7 — XV⁰ siècle. **Livre d'heures.** Majuscules ornées sans miniatures. Reliure ancienne gaufrée avec fermoirs. Belle conservation.

8 — XV⁰ siècle. **Livre d'heures.** Petit in-4 ; douze miniatures en pleines pages. Encadrements sur fonds d'or à chaque feuillet, avec animaux et fleurs aux douze miniatures, et fleurs seulement aux encadrements des pages. Très-belle exécution.

9 — XIV⁰ siècle. **Livre d'heures.** Petit in-4. Reliure moderne. Majuscules ornées, avec encadrements en feuillage à chaque nouvel office.

On trouve à la suite un poème français en vers de huit syllabes sur sainte Marguerite, qui se termine ainsi :

> Or déprions tant la pucelle
> Marguerite, la die ancelle,
> Que prie nostre créateur
> Qu'en ce siècle nous doint bonheur,
> Et en telle œuvre maintenir
> Que nous puissions tous parvenir
> D'aller en paradis tout droites.
> Amen, que Diex l'ottroie.
> Amen.

10 — XV⁰ siècle, première moitié. **Chi commenchent les reigles des sœurs de la benoite Marie-Magdeleine de la bonne ville d'Abbeville.** Petit in-4 de 32 feuillets. Reliure du temps.

Les sœurs de Sainte-Madeleine n'étaient autres que les sœurs repenties, *pœnitentes mulieres.* Très curieux pour l'histoire des mœurs.

11 — XV⁰ siècle. **Livre d'heures.** Petit in-4, avec quelques miniatures et majuscules ornées. Bonne conservation.

12 — XV⁰ siècle. **Livre d'heures.** in-12. Reliure moderne. 212 feuillets, avec douze miniatures en pleine page. Bonne conservation.

13 — XV⁰ siècle. **Livre d'heures.** In-18 carré, avec quelques miniatures sur fonds d'or. Belle conservation.

14 — XV⁰ siècle. **Livre d'heures.** 1 vol. in-8, avec quelques miniatures et encadrements. Bonne conservation. Reliure moderne.

15 — XVᵉ siècle. **Psalterium feriatum.** In-18 carré. Parchemin de 215 feuillets.

Ce manuscrit a été écrit pour l'usage des Chartreux d'Abbeville, par le frère Hanon. Commencé le 10 octobre 1464, il a été terminé le 11 novembre de la même année. On y trouve du plain chant et des détails sur la discipline et la liturgie de l'ordre des Chartreux.

16 — XVᵉ siècle. **Livre d'heures.** Petit in-4 de 128 feuillets.

On y trouve des stances sur la mort et des traductions en vers français des prières et hymnes de l'église.

17 — XVᵉ siècle. **Cy commence le chateau périlleux, composé par ung dévot religieux nommé Robert. A la suite se trouve le Pèlerinage de demoiselle Sapience à Bethléem.** In-4. Papier non numéroté.

18 — XIVᵉ siècle. **Livre de la consolation de Boëce,** traduit en vers de huit syllabes par JEAN DE LANGRES, émailleur d'Orléans. Petit in-fol. Parchemin. 85 feuillets sur deux colonnes, avec miniature au premier feuillet. Très-bien conservé.

19 — XVᵉ siècle. **Recueil de traités de piété et de sermons.** Papier. Petit in-4, non relié.

20 — XIVᵉ siècle. **Che sont les chens de l'église de la Capelle (d'Abbe-ville)** qui furent faits l'an de grâce MCCCLXIIIJ. 1 vol. in-4. Parchemin. Bonne conservation.

21 — XVᵉ siècle, seconde moitié. **Office de la Vierge.** Petit in-4, avec miniatures en pleine page, miniatures dans le texte et encadrements d'une exécution remarquable et d'une conservation parfaite.

22 — XIVᵉ siècle, première moitié. **Livre d'heures.** Petit in-4. Par-chemin. Miniatures encadrées dans le texte sur fonds d'or. Exécution très-remarquable. Conservation parfaite. Reliure du temps.

23 — XVIᵉ siècle. **Regula sancti Benedicti,** 1 vol. in-8. Parchemin. On trouve à la suite des prières et du plain-chant.

24 — XVᵉ siècle, fin. **Psalterium feriatum, ad usum carthusiensium** in domo sancti Honorati apud Abbatisvillam (les chartreux de Thuison) 1 in-8. Parchemin. 334 feuillets. Reliure du temps.

Ce volume contient des miniatures ajoutées au texte à une époque postérieure à son exécution.

25 — XIVᵉ siècle. **Livre d'heures.** In-8. Parchemin avec quelques miniatures et quelques feuillets encadrés.

26 — XVᵉ siècle. Cinq feuillets détachés avec de magnifiques encadre-ments. Vélin. Grand in-fol. provenant d'un Psautier de l'abbaye de Saint-Paul, près Beauvais.

27 — XVIIᵉ siècle. Neuf professions de foi de religieux et religieuses de l'ordre de saint Benoit. Parchemin. Lettres encre et or et encadre-ments ornés.

Pièces d'une extrême rareté et dont quelques-unes portent les armoiries des profès.

4

28 — XVIIIᵉ siècle. **Recueil de pièces manuscrites sur les fiefs**, l'architecture, les sciences naturelles, la littérature, l'histoire, etc., etc. 9 vol. in-4, in-8 et in-12. Papier, relié.

29 — XIIᵉ, XIIIᵉ, XIVᵉ siècles. Huit chartes et aveux relatifs à l'histoire de la Picardie. Titres originaux.

30 — XVᵉ siècle. **Règlement fait par Charles le Téméraire**, duc de Bourgogne, comte de Ponthieu, sur l'élection des chefs, conduite, police de ses compagnies d'ordonnance. 1 vol. in-fol. Parchemin avec notes de M. de Bommy.
Le premier feuillet est remarquablement orné. Il manque deux feuillets.

31 — XVIIᵉ siècle. **Le livre des fosses des minimes d'Abbeville.** Petit in-4. Papier.

31 *bis*. — Double du manuscrit ci-dessus, plus complet que le précédent. Notes de M. de Bommy.

32 — XVIIIᵉ siècle. **Ordre des actions journalières** qui se font dans la maison de l'Hôtel-Dieu d'Abbeville. Petit in-4. Papier.

33 — XVIIIᵉ siècle. **Notices sur les hommes illustres du Ponthieu**, par COLLENOT. 1 vol. grand in-4.

34 — XVIIIᵉ siècle. Recueil concernant la forêt de **Crécy** et quelques autres bois de la maîtrise d'Abbeville. 2 vol in-4. Parchemin.

35 — XVᵉ, XVIᵉ, XVIIᵉ siècles. **Cueilloir du prieuré de Saint-Pierre d'Abbeville** de 1400 à 1600. 1 vol. in-fol. Papier.

36 — XVᵉ siècle. **Cens, rentes et revenus du prieuré de Saint-Pierre d'Abbeville.** 1 vol. in-fol. Papier.

37 — XVIIIᵉ siècle. **Extrait des registres aux délibérations** de l'Hôtel-de-ville d'Abbeville de 1426 à 1601 1 vol. Papier.

37 *bis*. — GODEFROY. Inventaire des archives des anciens comtes d'Artois, déposées à Arras, de 1102 à 1287. 2 vol. in-fol., rel.

38 — **Recueil d'actes civils, contrats de mariage et testaments**, intéressant les familles d'Abbeville, suivi d'une table alphabétique des noms de toutes les personnes mentionnées dans les actes. Cette table comprend plus de huit cents noms. 1 vol. in-fol. de 238 pages. Papier, relié.

39 — XIVᵉ siècle. **Cartulaire du Ponthieu.** De 1311 à 1314. 1 vol in-4. Parchemin, de 300 feuillets.
Les pièces contenues dans ce précieux recueil qui est plutôt un terrier qu'un cartulaire, se composent principalement d'aveux servis au roi d'Angleterre comme comte de Ponthieu, et donnent un exact tableau de l'organisation féodale du comté à cette époque.

40 — XVIᵉ, XVIIᵉ et XVIIIᵉ siècles. **Recueil de contrats de mariage** passés entre des personnes d'Abbeville. 1 vol. in-fol. de 200 pages.

41 — XVIIᵉ siècle. **État ecclésiastique du comté de Ponthieu en 1741.** — Bénéfices et cures. 1 vol. in-fol.

42 — XVIᵉ et XVIIᵉ siècles. **Coutume manuscrite du Ponthieu** suivie de la liste des juges consuls d'Abbeville, de 1568 à 1681. 1 vol. in-fol.

43 — XVIIIᵉ siècle. **Coutumes de Ponthieu** avec un commentaire, suivies de la coutume locale d'Abbeville. 1 vol. in-fol.

44 — XVIIᵉ et XVIIIᵉ siècles: **Histoire des comtes de Ponthieu et de Montreuil**, copiée sur le manuscrit inédit de Ducange, avec une table des noms de personnes, une table de matières, des notes et remarques de la main de M. de Bommy. 1 vol in-4 de 400 pages.

45 — XVIIIᵉ siècle. **Remarques sur l'histoire de Ponthieu.** 6 vol. in-4 et in-8.

46 — XVIIIᵉ siècle. **Recueil intéressant des pièces en vers et en prose** concernant Abbeville.

On y trouve entre autres le poème de Sedaine sur la maison de Bagatelle bâtie par les Van Robais au faubourg saint-Gilles.

47 — XVIIIᵉ siècle. **Inscriptions pour la cour de France** en distiques latins, par M. Buquet, chanoine de Saint-Vulfran. 1 vol. in-4 oblong.

48 — XVIIᵉ siècle. **Histoire de l'ordre de saint Jean de Jérusalem**, rédigée en 1697 par un commandeur de l'ordre. 1 vol. in-fol. de 126 pages avec une table chronologique des grands maîtres. Belle conservation.

49 — XVIIIᵉ siècle. **Dictionnaire alphabétique** et explication des pièces les plus utiles du blason. Texte et figures, avec des notes de M. de Bommy sur la généalogie de diverses familles d'Abbeville et les armoiries du Ponthieu. 1 vol. in-fol.

50 — XVᵉ et XVIᵉ siècles. Dossier de 21 pièces en parchemin, de 1407 à 1598, relatives aux impôts royaux levés dans la ville d'Abbeville, ainsi qu'aux impôts locaux levés pour les besoins des habitants avec l'autorisation du roi. — Lettres d'octroi. — Règlements de la cour des Aides et autres juridictions de finances.

52 — XIVᵉ siècle. **Actes et transactions** passés par des bourgeois d'Abbeville par-devant les maires, échevins et gardes-scel du Ponthieu. Dossier de 32 pièces en parchemin.

53 — Du XIIIᵉ au XVIᵉ siècle. **Pièces relatives aux communes de Rue,** Waben, Noyelles, bourg d'Ault, Crotoy.

Ces pièces se composent de titres imprimés et de copies des actes constitutifs ou confirmatifs des communes. Les copies sont modernes, mais n'en sont pas moins curieuses, la plupart des originaux ayant disparu à la Révolution.

54 — XVIᵉ siècle. **Extrait du Registre** de la vicomté du Crotoy. Papier, 4 feuillets.

55 — Du XIIIᵉ au XVIIIᵉ siècle. **Recueil de chartes et pièces** concernant l'abbaye de Villancourt, d'Abbeville.

56 — Du XIIIᵉ au XVIIᵉ siècle. **Recueil de chartes et pièces** concernant l'abbaye de Valloires.

L'abbaye de Valloires, de l'ordre de Citeaux, fut fondée en 1137, par Gui II, comte de Ponthieu.

57 — XIVᵉ siècle, fin. **Rouleau en parchemin** de 2ᵐ 70, concernant les priviléges et coutumes de la mairie et de la ville du Crotoy.
Une copie moderne est jointe au parchemin original.

58 — XVᵉ, XVIᵉ, XVIIIᵉ siècles. **Dossier de pièces** relatives à divers incidents de l'administration municipale d'Abbeville.
Quelques mémoires imprimés sont réunis aux titres manuscrits.

59 — XIIᵉ siècle au XVIᵉ. **Recueil de pièces,** originaux et copies, bulles des papes, accords avec les bourgeois, transactions diverses, etc., concernant l'abbaye de Saint-Riquier.

61 — XIIᵉ siècle au XVIIIᵉ **Dossier de chartes et pièces diverses** relatives à l'histoire municipale et industrielle d'Abbeville. Parchemin et papier. Titres originaux et copies.

62 — XIVᵉ, XVᵉ, XVIᵉ siècles. **Testaments et fondations pieuses** de divers bourgeois d'Abbeville. Titres originaux.

63 — XVIIᵉ siècle. **Armorial colorié de la maison de Bourbon,** par Pierre Wagniart, avocat d'Abbeville, avec notes de M. de Bommy. 1 petit in-fol., papier, 378 feuillets.

64 — XIVᵉ au XVIIᵉ siècle. **Monuments de la Chartreuse d'Abbeville,** offerts à M. de Bommy par les religieux lors de leur suppression. 1 vol. in-folio.
On trouve dans ce volume une chronique de la maison des Chartreux, une vie de saint-Honoré évêque, né à Port-le-Grand, des notices sur les religieux et divers actes relatifs aux propriétés de la Chartreuse. Notes de la main de M. de Bommy.

65 — **Chronicon Hariulfi,** monachi Centulensis. Copie moderne faite sur le texte imprimé dans le spicilège de Dachery, avec annotations de M. de Bommy.

A la suite. — **Continuatio chronici Monasterii S. Richarii** Centulensis scripta monacho ejusdem monasterii ab an. 1097 ad an. 1745. Ex originali manuscripto codice latino fideliter excerpta. (avec additions et notes de M. de Bommy).
Cette chronique ajoutée à celle d'Hariulfe forme une histoire complète de la ville et de l'abbaye de Saint-Riquier. 1 vol. in-fol. de 400 pages. Belle écriture; très-bien conservée.

66 — XVᵉ siècle, 1480. **Cy après ensuit la déclaration des obits,** services, et messes particulières dont l'église de Saint-Sépulcre en Abbeville est chargable chacun an. Parchemin de 41 feuillets.

67 — **Extrait tiré des archives de l'Hôtel-Dieu d'Abbeville** d'après les actes des XIIIᵉ, XIVᵉ et XVᵉ siècles, avec une liste des noms des personnes, des villes et des seigneuries mentionnées dans les titres. 1 vol. petit in-fol. de 168 pages.
Cet extrait date de 1809 Il est annoté par M. de Bommy.

68 — XVIIᵉ siècle. **Traité du Portus Icius,** par Nicolas Sanson d'Abbeville. 1 vol. in-4° relié, de 298 pages. Notes de la main de M. de Bommy.
Copie moderne faite vers 1810 du travail de Sanson conservé à la Bibliothèque nationale. Mss., fond Cangé, n° 10295. Inédit.

69 — XVIII⸱ siècle. **Recueil sur Abbeville et le Ponthieu**, par Maurice de Sachy, d'Abbeville. 1 vol. rel. in-4°.

A côté de renseignements sur les couvents d'Abbeville, on trouve dans ce recueil des indications historiques intéressantes sur le collége et les établissements d'instruction publique de cette ville.

70 — **Copie de l'histoire des comtes d'Amiens** de Ducange. 1 vol. in-fol , rel. de 286 pages. Cette copie est datée de 1812. Notes et additions de M. de Bommy.

71 — XVIII⸱ siècle. **Recueil en deux parties concernant l'état et la paye des troupes de terre et de mer, et celui des gouverneurs, lieutenants du roi, commandants, etc.** avec les appointements et émoluments de chacun en particulier. 1756. 1 vol. petit in-4°, relié en maroquin rouge.

72 — Copie du livre de NICOLAS SANSON d'Abbeville, intitulé **Britannia**. 1 vol. petit in-4°, relié en maroquin rouge.

73 — 1294-1516. Table analytique des matières les plus notables contenues dans le livre rouge de l'Hôtel-de-ville d'Abbeville. Cette table a été rédigée par M. de Bommy. 1 vol. in-8°.

Le *Livre rouge* est un cartulaire municipal sur lequel ont été inscrites les ordonnances royales les plus importantes relatives à Abbeville, ainsi que les règlements municipaux les plus notables, et les jugements rendus par l'Echevinage en matière civile et criminelle. On trouve à la suite des extraits du *Livre blanc*, autre cartulaire municipal, et quelques pièces intéressantes copiées sur les registres aux délibérations. Curieux, même pour l'histoire générale.

74 — XVIII⸱ siècle. SAGNIER D'ABBEVILLE. Abrégé d'histoire ancienne et moderne. 1787. 2 vol. petit in-8°.

75 — XVIIIᵉ siècle. **Encyclopediana.** Recueil par ordre alphabétique d'historiettes, de bons mots, de définitions philosophiques. 1 vol. in-fol. Papier.

76 — XVIIᵉ siècle. **Les pratiques amoureuses de la cour de France.** 1 vol. in-4 de 208 pages.

Très-curieux comme chronique scandaleuse.

77 — XVIIᵉ siècle. **Virginis Mariæ vita.** Antuerpiæ, Adrianus Collaert scripsit et excudit. Petit in-8.

Un texte manuscrit est joint aux vignettes.

78 — **Recueil de vers et de pièces historiques** relatives au XVIIIᵉ siècle.

79 — XVIIᵉ siècle. **Chroniques du pays et comté de Ponthieu** par FRANÇOIS RUMET, sieur DE BEAUCORROY. 1 vol., petit in-4 de 145 feuil.

Cette copie est tout entière de la main de M. de Bommy. Elle a été faite sur le manuscrit original. Les chroniques sont inédites.

80 — **Répertoire sur l'ancien Ponthieu et Abbeville sa capitale,** par M. DE BOMMY. 1 vol. petit in-4.

Travail curieux qui n'est autre que la liste indicative des sources manuscrites et imprimées de l'histoire du Ponthieu.

81 — **Recueil sur le Ponthieu** par M. DE BOMMY. 1 vol. in-8.

82 — **Histoire généalogique des comtes de Ponthieu et des mayeurs**

d'Abbeville, du Père Ignace, copiée par François Boitel, chaudronnier, d'Abbeville. 2 vol. in-4 avec figures.

A la suite des extraits du père Ignace se trouvent une continuation de l'histoire des mayeurs de 1657 à 1777, des vues des monuments d'Abbeville aujourd'hui détruits, très-incorrectes comme dessin, mais exactes, et des récits d'événements contemporains.

83 — **Recueil d'odes et autres pièces de poësies sur la convalescence de Louis XV :** les pièces sont au nombre d'environ 80. 1 vol. in-4, broché.

84 — **Recueil de chansons politiques** et factums relatifs à la République, l'Empire et la Restauration (pièces détachées).

85 — **Recueil de pièces concernant Abbeville** par MM. de Bommy et Collenot. 1 vol. in-4, broché.

On y trouve une liste des doyens de Saint-Vulfran, et la table des personnages représentés sur le tableau de l'Hôtel-de-Ville.

86 — **Recueil de pièces relatives à l'archidiaconé de Ponthieu,** cures, bénéfices, abbayes et prieurés d'Abbeville et des lieux environnants (un peu détérioré), in-fol. de 534 pages; papier. XVIe et XVIIe siècles.

87 — **Registre des grands cens de l'abbaye de Saint-Josse-sur-Mer.** 1707.

89 — **Manuscrit incomplet,** attribué à M. Collenot, contenant des notes historiques sur les principaux faits de l'histoire locale, et une biographie des personnages importants de l'arrondissement d'Abbeville. (ne commence qu'à la 23e page).

90 — **Volumineux dossier** contenant la correspondance des intendants de Picardie avec les magistrats municipaux d'Abbeville, de 1724 à 1785.

Cette correspondance est signée de Messieurs de Chauvelin, de Chaulnes et autres. Toutes les pièces sont officielles et originales ; elles contiennent l'histoire industrielle et administrative d'Abbeville dans ses rapports avec le gouvernement central au XVIIe siècle.

91 — **Pièces diverses** des XVIe, XVIIe et XVIIIe siècles, relatives à la municipalité d'Abbeville et aux travaux d'utilité locale exécutés dans cette ville.

92 — **Comptes** de l'église paroissiale de Saint-Jacques d'Abbeville. 1733-1735.

93 — **Comptes des recettes et dépenses** de l'église Saint-Georges d'Abbeville, commençant au jour de la Toussaint 1533 et finissant au dit jour de l'an 1534. 1 vol. petit in-fol.

94 — **Dossier relatif aux droits de l'Écolâtre de Saint-Vulfran** sur les établissements d'instruction publique d'Abbeville, principalement du Collége.

96 — **Copies de jugements** rendus au XIVe siècle pendant la prévôté de Saint-Vulfran. Ces copies sont du XVIIe siècle.

La prévôté de Saint-Wulfran était une juridiction ecclésiastique qui se substituait pendant l'Octave de la Pentecôte à la juridiction municipale.

97 — **Situation** du chapitre de Saint-Vulfran d'Abbeville lors de la Révolution, par M. CHAMPION, chanoine. (Manuscrit de la main de l'auteur). 1 brochure in-4.

99 — **Dénombrement de la terre** et seigneurie de Mareuil, mai 1312. Copie moderne de la main de M. DE BOMMY. 1 brochure in-fol.

100 — **Fragments historiques et chronologiques** de l'histoire du Ponthieu, de 1313 à 1749, en partie de la main de M. COLLENOT, en partie de celle de M. DE BOMMY. 1 vol. in-fol.

101 — **Tables alphabétiques** de l'histoire ecclésiastique d'Abbeville et de celle des mayeurs (de la main de M. DE BOMMY). 1 brochure in-4.

102 — **Recueil de pièces** concernant les eaux et forêts, les chasses et pêches, et le canal de la Somme. 1 brochure in-4.

103 — **Comptes** des recettes et dépenses de l'héritage et des aumônes de la ville, ainsi que le revenu de la maison du Val. 1675. 1 vol. in-fol., broché.

104 — **Pièces** relatives à saint Foillant et à l'ouverture de sa châsse dans le prieuré de Saint-Pierre d'Abbeville.

Saint Foillant était autrefois très populaire à Abbeville; on lui attribuait le pouvoir d'éteindre les incendies, et la châsse dont il est ici question, était promenée devant les maisons en flammes, pour couper le feu.

105 — **Comptes** de la seigneurie de Mareuil (un certain nombre de feuillets sont maculés). 1 vol. petit in-fol.

107 — **Vingt-cinq chartes originales** du XIIIe siècle, concernant des achats, ventes et transactions diverses passées entre personnes privées, couvents ou seigneuries du Ponthieu.

Ces actes concernent des terres situées dans l'arrondissement et donnent sur l'ancienne topographie du Ponthieu de précieux renseignements. On y trouve entre autres dans une charte de 1272 la mention de *la Croix qui corne* sur la route de Moyenneville. Des analyses ou des copies sont jointes aux originaux.

108 — **Histoire abrégée des comtes de Ponthieu.** — Remarques sur l'article 19 de la Coutume de Ponthieu. — Recueil d'observations sur les Germains et les Francs. — Remarques et recherches sur les monnaies. Manuscrits. XVIIIe siècle. 4 vol.

Attribué à M. Sannier d'Ablancourt.

109 — **Recueil** concernant les mollières du Marquenterre, de Noyelles-sur-Mer, Ponthoile, etc. 1 vol. in-4.

110 — **Recueil** concernant les communes de Noyelles-sur-Mer, Marquenterre, Ponthoile, Rue, etc. 1 vol. in-8.

111 — **Quelques observations** sur la rivière de Somme et sa navigation, depuis son embouchure jusqu'à Abbeville. 1 vol. petit in-4.

112 — **Manuscrit** du XVIIIe siècle avec des vues concernant la ville d'Eu. 1 vol. in-4.

113 — **Notes, remarques et observations** sur les biens, dîmes, et droits du chapitre de Saint-Vulfran d'Abbeville. 1 vol. in-16.

114 — **Notes** sur les maisons illustres de Picardie. 1 vol. in-4.

115 — **Nécrologe** de l'abbaye de Sery, xv⁰ et xvi⁰ siècles. 8 feuillets parchemin, in-4.

116 — **Coutumes et usages** des villes de Rue, Marquenterre, etc 1 vol. in-4.

117 — Trois manuscrits de M. de Bommy. Copies de pièces, etc.

118 — Registre des Cens dus à la vicomté d'Abbeville. Manuscrit in-4.

119 — Recette et mise particulière de censives tirées d'un compte de l'Hôtel-Dieu d'Abbeville. 1 broch. in-4.

Les Ouvrages imprimés, intéressant Abbeville et le Ponthieu, renferment, dans les recueils, quelques manuscrits mêlés aux pièces imprimées, on les trouvera dans la IIᵉ série aux nᵒˢ 82, 85, 89, 94, 96, 108, 110.

QUATRIÈME SÉRIE

GRAVURES. — DESSINS. — AQUARELLES — TABLEAUX.

SUJETS DIVERS. — SUJETS RELIGIEUX. — CARTES. — PLANS. — VUES. — MONUMENTS
PIÈCES HISTORIQUES. — PORTRAITS.

GRAVURES ANCIENNES. — SUJETS DIVERS.

1 — **Le retour de campagne** et **Camp volant**, par Cochin, d'après Watteau. 2 grav. in-4 collées sur toile (en rouleau).

2 — **Escorte d'équipages**, grav. de Cars, d'après Watteau (en rouleau).
— Pièces pour l'illustration de l'*Énéide* de Virgile, 2ᵉ partie, de Bouchet. 9 grav. in-12 en larg.

3 — Sujets divers, scènes, paysages, vues, par A. Bonenfant. P. Bril inv., Meulant fecit. 9 grav. petit in-4.

4 — Série de 12 sujets de **Chasse**, grav. in-8, par Robert Sayer. Londres.

5 — **Paysages divers**, 11 grav. in-8, par Bechon de Rochebrune.

6 — Série de vignettes d'ouvrages du XVIIIᵉ siècle, la **Henriade** de Voltaire et autres, 50 pl. in-32.
Grav. de Maisonneuve, Legrand, Lemire, Pelletier, Bacquoy, (trois d'Aliamet); d'après Eisén, Gravelot et autres.

7 — **Vues et paysages**, par Tavernier. 3 grav. petit in-4.

8 — **Divers sujets de genre.** 41 belles pièces, grand format.
Gravures de Chéreau, Jeaurat, Rousselet, Ouvrier, Voysard, Lébas, Thomassin, Albou, de Larmessin, etc.; etc.

9 — **Paysages,** d'après Leblond, Nieulant, Morin. 8 grav. in-4.

10 — **Sujets de chasse,** par Merian. 3 grav. grand in-8.

11 — **Suite de personnages de la fin du XVIIᵉ siècle.** Pièces très-cu-

4

rieuses au point de vue du costume de l'époque, par Bonnart, Arnoult et autres. 67 grav. grand in-8.

12 — Costumes du xviii° siècle et de l'époque de la première révolution. Pièces de différents genres, très-curieuses et intéressantes, par divers et formats différents. 32 grav.

13 — Costumes de femmes de divers pays, xvi° siècle. Belles gravures anciennes. 20 grav. in-12.

14 — Série de gravures curieuses sur la **Mort**. 10 pièces, par divers.

15 — **La Pucelle ou la France délivrée**. Série de 13 grav. petit in-4, par Bosse, d'après C. Vignon.

16 — **Sujets divers**. Série de pièces choisies, frontispices de livres, sujets de genre, etc., etc., formats divers, 70 pièces.

Gravures de Wagner, de Longueil, Roussel, Daret, Chasteau, Scotin, Voysard, Martin Boucher, Chauveau, Cochin, Lempereur, Aveline, Bradel, etc., etc.

17 — Un grand nombre de pièces diverses, études de dessin, de paysages, frontispices, gravures anglaises, etc., etc. Plus de 250 pièces.

Ce lot pourra être divisé.

18 — Vignettes, petit format, tirées de divers ouvrages. 150 pièces env.

Grav. de Tardieu, Baron, Champin, Dolivar, Bacheley, Bradel, Ledoyen, Castel, Helman, Spirinx, Schmit, Gaucher, Saint-Aubin, Marie-Briot, Sebast. Lecler, Baron, Auroux, Prévost, Le Pautre, Bassompierre, Frussotte, Picart et.., etc.

Ce lot pourra être divisé.

19 — Illustrations pour la 2° partie de *l'Énéide* de Virgile, gr. par Bouchet. 9 p. in-12 et in-32 avec le frontispice.

— Quatre petits sujets, par Stella della Bella, in-12 en larg.

20 — Différents sujets de **Marine**, gravés par Jeanne-Françoise Ozanne. Petit cahier de 12 pièces in-32.

21 — Série de dessins d'architecture, boiseries, ameublements des xvii° et xviii° siècles. Intéressant. — Édité chez Mariette et chez Bonnart. 20 pièces réunies en un cahier.

GRAVURES ANCIENNES. — SUJETS RELIGIEUX.

22 — Sujets tirés de la **Vie de Jésus-Christ**. 10 grav. petit in-4 de Petit, d'après Lebrun.

Cette indication ne figure que sur l'une des pièces; les autres sont avant toute lettre.

23 — **Les religieux de la Trappe**. Série de sujets se rapportant à leur vie et à leurs exercices. Publiés chez Bayet à Paris. 18 grav. petit in-4.

24 — **Vie de saint François de Sales et Vie du père César de Bus.** 12 pièces diverses, une in-4 et les autres in-8.

Par Boulanger, Pitau, Huret, Champignou, Auroux.

25 — Divers sujets religieux. 18 pièces in-4 et in-8.

D'après Chastéau, Landry, Huquier, Duchange, Bartolozzi, Audran, Daret, Clarke, Ganière ; plusieurs autres sans nom.

26 — Série de pièces représentant le **Crucifix**. 8 planches grand in-8, et 15 format plus petit, en tout 23 pièces par Pecoul, Drevet, Gantrel et autres.

27 — **Saints, Martyrs.** 25 grav. in-8, par Humblot, Morin, Bazin et autres.

28 — Sujets religieux, se rapportant pour la plupart à la **Vie de Jésus-Christ.** 17 grav. petit in-4, fort belles, portant sur plusieurs l'indication de *Noblin*.

29 — Vignettes sur bois, tirées pour la plupart d'anciens livres d'Église du commencement du XVIᵉ siècle. Plusieurs très-belles et curieuses. 48 planches divers formats.

30 — Divers sujets religieux, gravures anciennes, tirées pour la plupart de livres d'église, 182 pièces, petit in-8 et in-12.

Gravures de Montcornet. Bartolonii, Daret, Landry, Rousselet. Bouttats Junior. Spirinx, Stella, Giffart. Martieri, Du Bois, Gallays, Sanson, Chauveau, Pitau, Huret, Cars, etc

Ce lot pourra être divisé.

31 — Sujets religieux ; gravures et vignettes. Petit format. Environ 200 p.

Par Weyen, Cochin le fils, Stella, Boudan, Huret, Scotin, Thomassin, Bosse, Chauveau, Landry, Montcornet, Desprez, Boulanger, Messager, Picart, Rousselet, Sanson, Edelinck, etc.

Ce lot pourra être divisé.

32 — Série de gravures, petit format, sur parchemin. Sujets religieux, par Michiel Bunel et autres. 3 pièces, plusieurs faites à la main.

33 — **Saints, Martyrs.** Pièces in-12 et in-32, plus de 100 grav:

Par Scotin, Leroy, Cossinus, Gantrel, Frosne, Pecoul, Edelinck, Boulanger, Lochon, Boudan, Bouchet, Montcornet, Du Bois, Landry, Daret, etc.

34 — Sujets religieux. Pièces petit format.

Par Chereau, Beauvais, Petit, Weyen, Thomassin, Lochon, David, etc.

34 *bis.* — Divers, cartes, etc.; 25 pièces in-8 et in-12.

Par Petrus, Faber, Pitau, Laignel, Müller, Scottin, Pécoul, Tavernier, etc.

Les 14 stations du **Chemin de la Croix**, à la manière noire, de MM. Haid et fils, d'après M. Hartmann. 15 p. petit in-4.

CARTES. — PLANS. — PANORAMAS. — TABLEAUX GÉNÉALOGIQUES ET AUTRES. — MÉDAILLES.

35 — **Carte de France** de Perrot (rouleau).

36 — **Deux plans de Paris** et carte de France (modernes), rouleau.

37 — **Ancien plan de Paris** (1783), rouleau.

38 — Puits artésien de l'abbatoir Grenelle. Plan, constitution géologique du terrain de Paris (rouleau).

39 — Grands panoramas en longueur de **Coblentz** et de **Trèves**. A la manière noire. 2 pièces mod. (rouleau).

40 — **Tableau généalogique et chronologique de la maison royale de France**, dédié à M. le comte d'Artois, par Clabault, (1763), de 2 mètres 50 sur 80 cent. (rouleau).

41 — **Généalogie des roys de France**, etc., présentée au roy le 18 d'avril MDCLXXXVII, par D. A. Thuret. Grand tableau de 2 mètres 20 sur 1 mètre 40. Parties détériorées (rouleau).

42 — **Grand tableau généalogique des rois d'Espagne**, par Thuret, en plusieurs feuilles (rouleau).

43 — Tableau de l'**Empire français** divisé en 117 départements, etc., par Chaunier, en l'an VII, corrigée et augmentée en 1809. 1 mètre 25 de haut sur 1 m. 20. (rouleau).

44 — Carte de France. Tableaux de langue française et de chimie (rouleau).

45 — Cartes anciennes, divers.

45 *bis*. — Plans de plusieurs villes en Europe : Bologne, Vicence, Anvers, Bruges, Nimègue, Utrecht. 10 pièces format in-4, et autres plans petit format, de Landrecies, Avesnes, Schoonhoven, etc. 8 pièces très-anciennes.

— Un grand plan de Ferrare. 6 feuilles in-fol. Très-beau.

46 — Cartes anciennes diverses, du milieu du XVIIIe siècle et quelques autres. Une liasse de 40 à 50 (rouleau).

46 *bis* — Trente-huit planches représentant des médailles et notes manuscrites y relatives.

— Tableau collé sur toile représentant un grand nombre de médailles, gravées par Geyeri.

47 — Plans anciens grand format : Thionville, Dijon, Phalsbourg, (ce dernier à la main), Toulon, Malte, Calais, Forges. Port-Mahon ; plan moderne de Toulouse; Grand plan d'Avignon, (fait à la main). 10 pièces.

48 — **Tableau des armes des familles de Normandie**, depuis Tourneroche jusqu'à Yvetot, 132 écussons.

— Armes de diverses familles de France, (du Bourg et de la Bresse).

— Deux autres tableaux généalogiques.

49 — Les noms, qualitez, armes et blasons des grands **sénéchaux et connestables de France**, depuis le règne du roy Hugues Capet jusqu'au mois de janvier 1627, etc. Un grand tableau par Chevillard, gravé par Rousseau.

49 *bis*. — Les noms, qualitez, armes et blasons de nos seigneurs les

maréchaux de France, depuis le règne du roy Philippe-Auguste jusqu'à présent (1730), dédié à Monseigneur Henri de Montmorency, etc., par Chevillard, généalogiste du roy. Un grand tableau composé de 2 feuilles in-fol.

50 — Divers plans de villes et bourgs en Flandre : Vic, Moyenvic et Marsal, Lamotte au Bois, gouvernement de Perne, Lilers, gouvernement de Thérouanne, Saint-Paul. 7 planches in-12 ; 2 autres pièces relatives au comté de Flandre.

50 bis — Plans de plusieurs villes d'Italie, avec notice derrière, en latin. 18 belles pièces in-fol., par Joann. Blaeu.

51 — Trois anciens plans de Paris (in-8 et in-12), notamment de 1603. Très-curieux. 3 pièces.

51 bis. — Anciens plans de quelques villes d'Europe, Amsterdam, Séville, Copenhague, Maestrich. 4 belles pièces in-fol., édit. chez Jollani et chez Montcornet.

VUES. — MONUMENTS DIVERS.

52 — Série de Vues d'Allemagne. 16 pièces grand in-8, de Dupuis.

53 — Vues de monuments divers en Europe. 47 pièces petit in-4, de Corvinus, Attinger et autres, d'après Keiner. Collection bien complète.

54 — Trois beaux cartons, texte et gravures in-fol., sur feuilles séparées ; plans, coupes et belles gravures architecturales, ordinaires, au trait et à la manière noire. Cet ouvrage est intitulé : Chiese principali d'Europa, dedicate a S. S. papa Leone XII ; il se compose de 11 fascicules ; les monuments qui y sont représentés par plusieurs séries de gravures pour chacun d'eux, sont : Saint-Pierre du Vatican, le dôme de Milan, le Panthéon de Rome, Saint-Étienne de Vienne, Sainte-Marie de Florence, le dôme de Pise, Saint-Jean de Latran, l'église métropolitaine de Sienne, Saint-Marc à Venise, la cathédrale d'Anvers et la cathédrale de Gand, la basilique della Superga.

Ces volumes sont également mentionnés dans le catalogue des livres

55 — Grand plan de Florence, en 6 tabl. in-fol., 1783.

— Vue des Obélisques à Rome. 2 feuilles in-fol.

— Vue de l'Amphithéâtre de Vérone. Belle grav. anc., en 2 pl. in-fol.
Le tout en rouleau.

56 — Vues de diverses églises et autres monuments en Europe : Cathédrales d'Anvers, de Malines, de Cologne, de Saint-Paul à Londres, abbaye de Westminster, cathédrale, baptistère et tour de Pise, cathédrale de Florence. 15 grandes et belles pièces modernes in-fol.

57 — Plans, vues, pièces relatives à la **Grande Chartreuse**. 6 grav. anc. dont 4 in-fol.

58 — Série de vues, plans, etc., tous relatifs à l'église Saint-Ouen à Rouen 17 pièces gravées grand in-fol. et in-4. Fort anciennes et curieuses.

59 — Vues diverses en Italie. Plusieurs pièces fort belles. 29 planches formats divers.

— Vues d'Angleterre, de Greenwich, belles pièces in-fol. en larg., d'après Rigaud.

— 4 vues de Londres, p. in-fol. en couleur.

60 — Vues de divers monuments en France. Cathédrale de Reims, 5 gravures anc.; cathédrale de Strasbourg, 3 gravures anc.; Saint-Étienne à Bourges, 5 pièces mod. ; cathédrales de Metz, Chartres. Tulle, Angers, Orléans, Troyes. 35 pièces in-fol. et in-4.

61 - Vues diverses à Rome. Monuments principaux : le Colysée, la colonne Trajane, la colonne Antonine, la colonne de Sixte-Quint, le château Saint-Ange, le pont de Marie, Saint-Pierre, etc., etc. Plusieurs gravures anciennes fort belles, formats divers. 25 pièces.

62 - - **Vue à vol d'oiseau de Valenciennes**, et au dessous cartes de l'ancien comté de Valenciennes, avec armes des villes voisines sur les côtés. 1 pièce grand in-4. Frontispice d'un ouvrage intitulé *Histoire de la ville et comté de Valenciennes*, par Roncholles, 1639.

63 — Ports de Saint-Malo, le Havre, Lorient, Port-Vendres, Landerneau, Camaret. 6 vues mod. petit in-4, par Le Gouaz.

— Diverses églises en France. 7 pièces mod. in-12.

64 — Série de gravures anciennes assez curieuses sur les lieux saints' 11 pièces, formats divers.

— Vues d'Édimbourg. 6 fasc.

65 — Vues diverses. Gravures petit format, la plupart fort anciennes, monuments, églises, divers. 70 pièces.

66 — Divers. Vues, monuments, paysages, sculptures, ornements, décorations d'édifices, etc. 50 pièces environ, divers formats.

67 — Album de vues et souvenirs d'Italie. 50 feuilles environ, gravures en couleur pour la plupart.

68 — Anciens monastères, plans, vues, divers. 15 pièces in-4 réunies en un cahier.

— Monastères en Belgique. 13 pièces in-8 et in-4 en un cahier.

69 — **Description de la chapelle des Médicis** et de la sacristie neuve de Saint-Laurent, ouvrage de Michel-Ange. 5 pl. petit in-4, grav. de Silvestri et Fournier.

— 18 vues d'Italie, grav. mod. à la manière noire.

.70 — 7 vues de ports de mer en France, pl. in-32. — Série de vues de monuments à Paris, 20 pl. in-12.

71 — **Vues de Nuremberg**, album petit in-4 de 7 grav. et une notice. —

Les édifices de Pise, album de 9 grav. pet. in-4 en larg. 1832. — Vues de Munich, album de 9 grav. gr. in-8 et notice.

72 — 12 vues de St-Germain-en-Laye et de ses environs in-8 en larg. -- Les bas-reliefs de l'Arc-de-triomphe de la place du Carrousel, 1809, in-12, en larg. 6 pl. et notice.

72 bis. — Le somptueux frontispice de l'église Notre-Dame de Reims, ville du sacre, 1625, avec une notice en vers à la marge, grav. de Derson, de Reims ; pièce in-fol. en haut.

GRAVURES MODERNES.

73 — **Michel Cervantes** d'ap. Velasquez, par Pascal, 1851, belle gravure in-4.

La Jolie fille de Perth, chez H. Smith, par Allais, d'après Schopin ; grande grav. à la manière noire.

Les Sibylles, belle grav. in-fol. en larg. par Dien, 1838, d'ap. la peinture à fresque de Raphaël.

74 — **Le Printemps** par Cottin d'ap. Hervy, l'Automne par Cottin d'ap. Leygne, 2 grav. in-fol. à la manière noire formant pendants.

6 grav. anglaises (histoire de Lœtitia), par Bartolotti d'ap. Morland petit in-fol. — 2 autres.

GRAVURES HISTORIQUES.
ALLÉGORIES POLITIQUES. — CARICATURES.
LOUIS XVI. — RÉPUBLIQUE. — CONSULAT.
ÉPOQUES DIVERSES.
PORTRAITS HISTORIQUES.

75 — **Mariage du Dauphin** Louis avec Marie-Antoinette dans la cathédrale de Reims, in-fol. en couleur.

Le même dans la chapelle de Versailles.

Heureux accouchement de la reine, 1778, à la manière noire.

Le retour du Parlement (Louis XVI relève la Justice qui soutient la Félicité).

Marie-Antoinette arrive à Versailles le 16 mai 1770, manière noire (Représentation du cortége).

Sacre de Louis XVI à Reims (Feuille double. Au revers le siége de Gibraltar).

Ordre et distribution du prix des biens vendus (Allégorie dirigée contre les bandes noires). — Grav. manière noire.

La République coiffée de la tête du lion. Médaillon manière noire.

Fraternisation de la garde nationale et de l'armée. En couleur.

Le compte-rendu (Allégorie relative à la publication de Necker). Grav. manière noire.

La Coalition (la République, entourée par les têtes des rois qui viennent l'assaillir, se rit de leurs efforts). Grav. manière noire.

Le retour des héroïnes de Versailles. En couleur.

Fête nationale du 14 juillet 1790 ; (Le Ça ira est reproduit sur les marges). En couleur.

Le bonnet rouge entre deux drapeaux. En couleur.

La contre-révolution (Allégorie dirigée contre l'armée de Condé). En couleur.

Le traître Bouillé. En couleur.

Le petit Condé piquant des deux l'Autruche. En couleur.

La journée du 5 oct. En couleur.

La faction incroyable. Manière noire.

Les dégraissés donnent la pelle au c... au dégraisseur (Allusion au décret de la Convention qui supprimait les pensions royales).

Bonaparte relevant la croix (d'un côté la Vierge Marie, de l'autre le Premier consul). En couleur.

La résurrection des cloches. Manière noire.

Spécimen de la guillotine proposé à l'Assemblée nationale. En couleur.

Journée du 6 oct. (les gardes-du-corps quittent Versailles avec les héroïnes parisiennes).

76 — Un lot de portraits de personnages de la Révolution :
Necker. Pétion, Viala, Lepelletier de St Fargeau, Marat, Roland, etc.

77 — Un lot de 5 portraits de personnages célèbres du XVIIIe siècle, français et étrangers :
Samuel Bérillon, consul de la République de Bâle, Mercier, Franquelin, Du Couëdic, Helvétius.

78 — 17 pièces. Louis XVI et sa famille. Louis XVIII. Il y a des doubles, des triples et des quadruples.

79 — Napoléon et Marie-Louise. 5 portraits divers.

80 — Portraits du Consulat et de l'Empire (en couleur). Petit in-fol.
La citoyenne Buonaparte en amazone, Murat, Lanne et autres officiers généraux, Pitt, Sidney Smidt, Don Carlos, etc.

81 — Lot de portraits historiques relatifs à la famille des derniers Bourbons.
Louis XVI, Louis XVII, Louis XVIII, le comte d'Artois, madame Élisabeth.

Fac simile du testament de Louis XVI, etc. (En tout 37 pièces).

82 — Lot de 27 portraits des rois, reines et princesses de France de Henri III à Louis XV :
Marguerite de Valois. Louis XV enfant, Marie dauphine de France; Louis de Bourbon Henri d'Orléans, madame Victoire de France, etc.

Tous ces portraits sont contemporains, formats divers.

83 — 20 portraits des rois de France, tirés de diverses histoires de France.

84 — Portraits de rois et princes étrangers :
Élisabeth d'Angleterre, le Jésuite Dréxelle, Christian VII de Danemarck, Georges Ier etc.

Ces pièces sont contemporaines. 9 pièces.

85 — **Plans de batailles, de combats sur mer** et cartes pour l'intelligence des opérations militaires :

Batailles de Neervinde, de Cassano, de Bergen, dAudenarde, combat de la *Surveillante*.

Carte pour l'intelligence de la campagne de 1734, sur le Rhin.

86 — Pièces relatives à l'histoire contemporaine.

Citadelle d'Anvers ; galerie des contemporains, publiée par le *Journal des villes et des campagnes* ; Concile de 1870, in-fol.

87. — Onze pièces de formats divers, relatives au règne de Louis XIV : mort de la Dauphine, le convoi de Louis le Grand, mariage du duc de Bourgogne, la Franche-Comté conquise, mariage de Louis XIV, entrevue de l'ile des Faisans, etc.

88 — Pièces diverses relatives au règne de Louis XV :

Illuminations et fêtes de Paris ; la Vache-à-lait ; feux d'artifice du Pont-Neuf, naissance du Dauphin, le mariage et le sacre, le lit de justice du 22 février, l'auguste famille royale, proclamation de l'avéoement de Louis XV au Parlement, réception de l'infante au Louvre, l'accouchement de la reine, le voyage de la reine, le roi tient au Parlement son premier lit de justice, les cloches de la cathédrale de Notre Dame, deux caricatures sur la banque de Law. (Messire Quincampoix, la folie incroyable de la 20me année du 18me siècle). Les heureux succès de la campagne de 1733, (feuille grand in-fol). Mariage du prince de Conti et de mademoiselle de Chartres. Siége de Ménin, etc. etc.

89 — Cartes et plans relatifs aux campagnes de Charles XII.

90 — **Tapisserie de Bayeux**, (texte explicatif et planches).

(Quelques planches en double.)

91 — **Série de pièces curieuses** relatives aux controverses religieuses du 18e siècle, à l'expulsion des Jésuites et aux miracles du diacre Pâris à Saint-Médard ; tirées pour la plupart des Nouvelles ecclésiastiques ou mémoires pour servir à l'histoire de la Constitution *Unigenitus*, par divers. Environ 60 pièces ; formats divers.

92 — **Premier Empire** ; pièces diverses :

Bataille de Marengo, bataille de Dresde, bataille de Brienne, prise de Logrono (gravures communes) ; famille impériale de Marie-Louise, impératrice des Français , reine d'Italie ; famille impériale de Napoléon Ier empereur des Français, roi d'Italie. (Médaillons en couleur).

Ne le craignez plus ; monument élevé en 1808 en mémoire de l'attentat de Jean Chatel ; notes sur la translation des restes de Napoléon en France.

PORTRAITS, (GRAVURES ANCIENNES).

93 — **Princesses des 17e et 18e siècles**, en costumes d'apparat, par divers, vendues à Paris chez Bonnart, Trouvain et autres. Curieux au point de vue des costumes de l'époque. 30 grav. grand in-8.

94 — **Portraits de papes** ;

Par Desrochers, Montcornet, Messager, Giffart, Bonnard et autres.

40 pièces ; formats divers ; plusieurs planches modernes.

95 — Belle série de portraits historiques (personnages du 16ᵉ siècle), tous de Montcornet. 252 pièces in-12. Ovales ; la plupart tirées d'ouvrages.

96 — Portraits divers ; formats différents, sans titre. 71 gravures anciennes, très-belles pour la plupart.

97 — Personnages historiques du 17ᵉ siècle (plusieurs de la famille royale de France), par divers. Vendus à Paris chez Bonnart, Trouvain et autres, 46 pièces, grand in-8.

98 — **Princes et princesses de France** ; formats divers ; 14 pièces
Par de Larmessin, Lochon, Lasne. Montcornet, Desrochers, etc.

99 — **Rois et reines de France** ; 19 pièces, formats divers
Par Moncornet, de Larmessin, Nanteuil, Crépy et autres.

100 — **Impératrices romaines** en pied, costume du 17ᵉ siècle. Édition de l'époque, chez Bonnart à Paris ; 12 pièces. grand in-8.

101 — **Princes et princesses françaises** (17ᵉ siècle) ; 20 pièces ovales in-8, par de Larmessin.

102 — Portraits divers ; hommes d'État, généraux, chanceliers de France, princes de l'Europe, etc., etc. Série de belles gravures, plusieurs tirées d'anciens ouvrages ; 54 pièces in-fol. et in-4,
Montcornet, Lasne, Bouchet. Thomassin, Regnesson et autres.

103 — Hommes célèbres, époques diverses ; gravures anciennes. 36 pièces, in-8 et in-12, par divers.

104 — Femmes célèbres, diverses époques ; gravures anciennes dont un grand nombre par Desrochers ; 36 pièces petit in-8° et in-12.

105 — **Portraits d'ecclésiastiques** des 17ᵉ et 18ᵉ siècles ; 43 belles grav. la plupart in-4,
Par Roussel, Bertrand, Jollain, Rousselet, Nicole, Wischer, Michel Lasne, Moreau et autres.

106 — Autre série de portraits d'ecclésiastiques. 76 pièces in-8 et in-12,
Par Boudan, Simonneau, de Saint-Aubin, Habert. Gaucher, Moncornet, Pitau, Desrochers, etc.

107 — **Portraits d'ecclésiastiques** du 16ᵉ et du 17ᵉ siècle. 87 grav. anciennes in-8, parmi lesquelles une série de 56 portraits du 17ᵉ siècle
Par Valet, Joseph Tostrina, Picart. Clouvet, Jacob de Rubeis.
Les autres du 18ᵉ siècle pour la plupart.
Par Champagne, Thiboust, Pitau, Boulanger, Desrochers, Mariette, Tavernier et Thomassin.

108 — Portraits divers ; gravures anciennes, la plupart tirées d'ouvrages ; 108 pièces in-4, in-8 et in-12,
Par de Larmessin, Jollain, Giffart, Lebeau, Michel Lasne, Rousselet, Pitau, Vermeulen, Thomassin, Janssonius, de Montmorière, Landry, etc.

Les rois de Rome, 7 pièces in-4 ; anciennes gravures sur bois . Petit in-4° en haut.

109 — Portraits divers; genres et formats différents, gravures relativement modernes pour la plupart ; 54 pièces in-8 et in-4, par divers.

110 — Série de portraits in-8°
Par Montcornet, Desrochers, Leclercq, de Meysens, de Mallery, etc.
53 pièces in-8 et in-12.

111 — Portraits historiques modernes. Littérateurs, hommes d'État,
etc., Lamartine, Béranger, Dupin, Gall, Barras, Laplace, Chaptal, Le
Tourneur, Benjamin Constant, Suchet, etc., etc. 32 pièces in-8° grav.
sur acier.

111 *bis.* — Rois et princes de France; 17 pièces in-12
Par Thomassin, Desrochers, Picart, Gaucher, Boulanger, etc.

112 — Lithographies, gravures, pièces en couleur ; publication de
Blaizot et autres ; 17 pièces in-4 et in-8.

113 — Lithographies de Delpech ; personnages historiques de diverses
époques 126 pièces in-8°.

114 — Littérateurs, hommes d'État, divers. portraits in-8 et in-12,
Par Crépy, Lefebvre, Boily, Trouvain, Pinchard, Chatelain. Picart, Schley, Landry,
Pool, Desrochers, Merché, Langot et autres.
Plusieurs belles gravures; environ 100 pièces tirées la plupart d'an-
ciens ouvrages.

115 — Ecclésiastiques. cardinaux, évêques, saints, etc.,
Par Montcornet, Devaux, Jollain, Desrochers, Tardieu, Scotin, Boullanger, Hubin,
Matheus, Baron, Van Schuppen, Michel Lasne, C. Duflos, Lalouette, Boudan. Dumont,
Ravenet, etc
Plusieurs tirés d'ouvrages religieux, 161 grav. in-8 et in-12.

116 — Princes, seigneurs, personnages historiques ;
Par Schmidt, Deullan, Thomassin, Deblois, Martin, Desrochers.
Plusieurs sans indication de graveur; 81 grav. in-8 et in-12.

BELLES ESTAMPES ANCIENNES.

117 — AUDRAN. Portraits : **maréchal de Villeroy,** in-8. **Théophile Ray-
naud,** jésuite, petit in-4. **Davy du Perron,** jésuite, petit in-4. **St-Atha-
nase,** in-12: 2 ex. **St. Grégoire, pape. Saint Jean de la Croix.**
Pièce allégorique sur Louis le Grand, in-8.
Petite vignette allégorique in-32.
Frontispices d'ouvrages, plusieurs avec partie du titre coupée : **Biblia
sacra ; Theatrum vitæ humanæ** etc., etc. (Ed. de Lyon) 8 pièces ; autres,
et allégories ; 11 pièces in-8 et in-12. En tout 29 grav.

118 — AUBRY (S.). **L'aurore, le jour, le soir, la nuit.** 4 p. gr. in-8
d'après *Mathæus Merian.*

119 — AUROUX. Frontispices d'ouvrages, 2 grav. in-4, et 4 in-8 et in-12 ; 6 pièces.

120 — BAES (Mart.). Saint Michel terrassant le dragon, in-12.

121 — BALECHOU. Portrait de Charles Rollin, d'après *Coypel.* Grav., petit in-fol.

122 — BARTOLUS. Sujets de l'Ancien Testament, de Raphaël Urbain ; album de 12 grav. in-8 en larg.

123 — BASS (Martin). Ecclésiastique en prière in-4. Frontispices d'ouvrages religieux, titres coupés, 7 grav. in-4 et in 8.

124 — BASSAN (d'ap.). Scènes de l'agriculture : l'été, l'hiver. 2 pièces pet. in-4, en larg.

125 — BAUDOUS (R. de). L'âge d'or, l'âge d'argent, l'âge d'airain et l'âge de fer, d'après Antonius Tempestius ; série de 4 grav. petit in-4.

126 — BÉNARD. Sujets de décorations d'appartement ; planches in-fol. et in-4.

127 — BERGHEM. Animaux ; grav. 10 p. in-12.

128 — BLŒMAERT. Frontispice d'un livre sur la vie des peintres, sculpteurs et architectes : in-8.

129 — BOCHONIUS (Renatus). Divers trophées dédiés à la reine de Suède, par *Charles Errard* peintre du roy. 1651 ; 5 pièces petit in-4.

130 — BOEL (Corn.). Sujets historiques, 2 grav. gr. in-4 en larg. d'après *Antonius Tempestius.*

131 — BOISSIÈRE (de la). Front. d'ouvrage : **Annales des Capucins** ; pièce in-4.

132 — BOIZOT (Cl.). Front. d'ouvrage religieux, in-4.

133 — BONASONIUS (Julius). Estampe allégorique sur la paix ; gr. in-4 en haut. d'ap. *Jacomo de Possé.*

134 — BOSSE (Abraham). L'enfant Jésus couché sur la croix et adoré par des anges, gr. in-8. Frontispice d'ouvrage : **Recueil de plusieurs pièces et figures d'armoiries**, in-8. — 3 autres, in-8 et in-32,

135 — BOULLANGER. Un beau portrait en médaillon entre 2 anges, **Michel Letellier**, d'Ap. Chauveau ; in-fol. en larg. L'abbé Duvergier de Hauranne, in-12 ; 3 frontispices in-12 et in-32 ; en tout 5 grav.

136 — BOURBIER (F.) Hercule avec ses attributs, d'ap. *Lucas Pennis*, in-4 en haut.

137 — BRIOT (J.). Frontispices, vignettes et sujets allégoriques ; 7 pièces in-8 et au-dessous.

138 — BREUGHEL. Dieux antiques. 8 p. in-32 sur 2 feuilles.

139 — BRUYN (d'ap.) Paysages, scènes ; est. in-fol. en larg. (détérioré).

140 — CALLOT. Balli di Sfessania di Jacomo Callot, gravé par Israël, d'ap. J. Callot ; 24 pl. in-32.

141 — **Salvatoris beatæ Mariæ Virginis, sanctorum apostolorum icones**, 1631 ; 16 pièces in-12 avec le frontispice.

142 — Série de personnages, hommes et femmes ; 12 pièces in-12.

143 — Série de paysages ; 15 pièces en un cahier.

144 — **Capitano di Baroni**; types de mendiants et de mendiantes. 25 pièces in-12.

145 — **Les fantaisies de noble J. Callot, mises en lumière par Israël son amy** ; 12 pièces in-32.

146 — **Varie figure Gobbi di Jacopo Callot** ; 1616, par *Nancey*, d'après *Sylvestre* ; 20 p. in-32.

147 — Mendiants, attribués à Callot, 10 gr. in-8. Paris, chez Bonnart rue Saint-Jacques, à l'aigle.

148 — **La tentation de Saint-Antoine**, grande pièce in-fol. en larg.
Cérémonie funèbre dans la cathédrale de Florence pour l'empereur Mathias.
Le supplice de Saint Sébastien, évêque, prêchant au milieu d'un bois ; 3 pièces in-8.
Martyre de 23 religieux mis en croix au Japon, in-12.
4 autres petites pièces, sujets religieux.

149. — CARS. **Persée** et **Andromède**, gr. in-4.
Conquête de la toison d'or gr. in-8.
La Madeleine au désert et la décollation de saint Jean-Baptiste, 2 p. in-12.
Saint Augustin, in-4 ; frontispice. **Biblia sacra**, in-12.

150 — CHAUVEAU. Sujets historiques ; histoire grecque ; 8 p. in-4 en larg.
Frontispices d'ouvrages : **Familiæ romanæ**, in-4, **Éloge des évêques**, **l'Armée pastorale, les tristes d'Ovide** etc. 5 pièces in-8 et in-12.

151 — CHEREAU. Portrait du cardinal de Polignac, in-fol. ; et de **Blasius** in-12.
Sujets religieux, petit in-4.

152 — CIARTRES. 3 vues et paysages, in-8 en larg.
Les 12 mois de l'année, série de sujets avec encadrements formés d'attributs divers ; 12 pièces in-8. Bacchanales, 2 pièces, l'une petit in-4, l'autre in-12 en larg. Portraits divers : **Diogène, Aristote, Denys de Syracuse, rois Tartares**, etc. 9 pièces gr. in-8.

153 — CLERCK (Nicolas de). **Le sabbat** ; pièce in-fol.

154 — CLOUWET. Frontispice d'ouvrage : **Histoire des Carmes** ; sujet allégorique, moines ramant dans un navire, in-4.
Portraits d'**Albert** et d'**Isabelle** ; 2 méd. entouré de personnages, in-12.

154 *bis* — H. Cock. Vues, paysages divers ; 18 grav. in-8.

Deux grands paysages in-fol. d'après *Brueghel.*

Divers sujets religieux (paysages) fuite en Egypte, **Magdeleine repentante**, etc. 10 grav. d'ap. *Bruengel.*

155 — Collaert. Jésus-Christ et ses disciples ; série de 14 grav. in-12. ε

3 sujets religieux, petit in-4.

Mediceæ familiæ rerum feliciter gestarum victoriæ et triumphi, série de grav., petit in-4 d'après *J. Stradanus* et *Ph. Galle.* 9 pièces.

Les douze mois de l'année; série de scènes et sujets. Bol. inv., *A. Collaert* fecit, H. V. *Luyk* exc.; 12 médaillons in-12.

156 — Cotta. Frontispice de l'ouvrage italien : **Mondo simbolico** etc. Milan ; pièce in-4.

157 — Cort. Sujet religieux, 1567 ; gr. in-8.

La fuite en Ègypte, 1571.

158 — Courbes (J. de). Sujets religieux tirés de la vie de Jésus-Christ, la plupart d'ap. *Valet,* 14 grav. petit in-4 ; portrait de Claude Lebrun, in-12.

Frontispice d'ouvrage in-4, titre en partie coupé ; autre, in-12.

159 — Crispin de Pass. **Série des sept péchés capitaux**, d'ap. *Martin de Vos :* 7 pièces in-12.

Portrait de Bacon, in-12. Autre portrait ; 2 pièces in-12.

Sujets tirés de l'Ancien Testament, 6 pièces.gr. in-8.

Frontispices d'ouvrages : **les Estats, empires du monde** ; autre ; 2 pièces in-4.

Autre front. : **les Proverbes de Salomon**, in-12.

Portrait du cardinal Robert.

160 — Danckerts. Portrait : **Marien Herpertse. Tromp, amiral de Hollande** ; petit in-4.

Un vaisseau, in-fol. en larg. (détérioré).

Dankertz et Kock. — Allégorie biblique ; petit in-4.

161 — Daret. **Les douze Césars** ; 12 p. grand in-8.

Frontispice de l'ouvrage : **La doctrine des mœurs**, par Gomberville ; petit in-4 en haut.

Portraits : **Jean-François de Gondi**, premier archevêque de Paris, en 1633 ; grand in-4. **Jean Duvergier de Hauranne**, abbé de Saint-Ciran in-8.

Frontispice d'un volume: **Ouvrages de Tertullien**, avec portraits de Tertullien et de saint Augustin ; in-4.

Deux petits sujets allégoriques ; in-32.

162 — David. **Vie et miracles de sainte Fare**, d'après *Rabel* ; 4 pièces in-12.

Saint François de Paule ; in-12.

Trois paysages d'après *Matt. Bril*, et 3 autres d'après *J. Bruenghel*; 6 pièces petit in-4 en larg.

Mythologie ou explication des fables; 12 pièces in-4, d'après *Baudoin*, en cahier.

163 — DELPSIUS (Guilhelmus-Jacobus). **Élisabelh d'Angleterre, Louise de Coligny, Charles Ier d'Angleterre** ; 3 portraits, petit in-fol.
Marie, reine d'Écosse; in-12.

164 — DESPORTES. Animaux; 9 p. in-12 en larg.

165 — DORIGNY. Sujet antique, d'après *Michel Corneille* ; in-fol. en larg. Chez Mariette.

166 — DREVET. Sujets de l'Ancien Testament, d'après *Nic. Cochin* 6 pièces in-4.

Sujets religieux relatifs pour la plupart à la vie de Jésus-Christ ; 12 pièces grand in-8.

Deux paysages, méd. ronds ; in-8.

Fro ntispice : **Instructiones Juris civilis**; in-32.

Série de portraits : **Antoine Portail ; Gaston de Rohan** ; 2 grav. petit in-fol. **Dom Denys de Sainte Marthe** ; petit in-4. **Louis Hideux**; id. **Saint Bernard** ; 2 ex. in-8. **Arnold de Ville** ; 7 grav.

167 — DUCHANGE. Portrait de **François Girardon**. Pièce de réception à l'Académie; grand in-4.

168 — DUCHETUS (Claudius.) **Chevaux de Phidias et de Praxitèle** ; pièce grand in-4 en larg., d'après *Jean Ornandi* ; Rome, 1602.

169 — DUJARDIN. Animaux ; 9 pièces in-12.

170 — DUPLESSIS-BERTAUX. Album de la jeunesse ou recueil de l'histoire de l'Enfant prodigue, en 12 tableaux. Vignettes.

171 — DURER (Albert). **La Vierge et l'enfant Jésus tenant un oiseau** (appelé aussi la Vierge au singe).
La Vierge et l'enfant Jésus; in-12.
Christ debout près de la croix montrant ses plaies ; in-32.

171 *bis*. — **Le cavalier de la mort.**
Le fleuve ; 2 pièces in-8. Parfait état.
La Melancolia : pièce grand in-8. Parfait état.

171 *ter*. — **La Vierge et l'enfant Jésus** entourés de plusieurs animaux, au milieu d'un paysage avec scènes diverses. estampe in-4. Très-bien conservée.

Bois :
Un portrait in-4.
Hercule terrassant le lion.
La Vierge et l'enfant Jésus.
Scène représentant un guerrier terrassé par deux hommes et une femme; 3 grands in-4. Grav. sur bois.

Tête de femme (1506) ; grand in-4 en haut., gravée par Égidius Sadéler en 1598. (Il y a un double, mentionné au nom. SADELER).

172 — DYCK (d'après Van). Jésus-Christ descendu de la croix ; grav. in-4, en haut.

173 — EDELINCK. 3 sujets in-12 : Saint Jérémie au désert. Sujet allégorique religieux. Frontispice : **Les conseils de la Sagesse** ; 2 ex.

Petits sujets religieux tirés d'ouvrages ; 9 pièces in-12 et in-32.

Portraits : **Jean-Baptiste Santolius** ; petit in-fol. **René Descartes** ; oval, grand in-8. **Jacobus Savary** ; 2 ex., in-8, ov. **Saint Basile et saint Grégoire de Nazianze** ; pièce in-8, 2 ex. **Saint Ambroise** ; in-8, 2 ex. **Saint Athanase** ; id. Le P. **Alphonse Rodriguez** ; in-12. **Nicolas Vérien**, graveur ; in-12. **M⁇ Claude de Sainte-Marthe** ; in-12. En tout, 13 grav.

Le Christ sur la croix, d'après *Letrun* ; est. en 2 pièces in-fol. (Parties détériorées).

174 — ELSTRACK. Portrait de Richard Whitington ; in-8.

174 *bis*. ERLINGER. — Vignettes d'ouvrages religieux ; 9 pièces in-32.

174 *ter*. FABER. — Frontispice, titre coupé ; pièce in-32.

175 — FAURE (Michel). L'Annonciation, la Nativité ; 2 vignettes in-32.

Frontispices d'ouvrages religieux, titres coupés ; 4 pièces in-12 ; 2 semblables.

176 — FERRAN FENSONIUS. — Pièce relative à l'histoire des Hébreux dans le désert. (Adoration du serpent) ; pièce petit in-fol. en haut. (Un peu détériorée).

FERRUS (Cyrus). — Frontispice d'ouvrage : **Constitutiones et ordinationes capitulor.**, etc. ; in-4.

FESSARD. — Deux vignettes d'ouvrages et un cul-de-lampe ; in-32.

177 — FIRENS. 3 sujets religieux in-8 ; 2 pièces.

Histoire du déluge ; 5 pièces, grand in-8.

Sujet religieux allégorique ; grand in-8.

Saint Jérôme dans le désert ; in-12.

177 *bis*. — Les prophètes **Ézéchiel, Jérémie, Daniel.** pièces ; petit in-4 en haut.

Saint Grégoire ; pièce in-4. **Saint Basile. Saint Athanase. Saint Épiphane.**

Conversion de Saul ; grand in-8.

Trois autres pièces in-8, et grand in-8.

Deux frontispices, en double : **Institution catholique. Sermons sur tous les dimanches de l'année** ; 4 pièces in-8 et in-12.

178 — FORNAZERIS (de). Frontispices d'ouvrages in-4 : **Louis XI** ; Paris, MDCX.

2 autres, titres coupés, Lyon, 1703 et 1713.

3 pièces, 10 autres in-8, in-12 et in-32 ; plusieurs, titres coupés en partie.

179 — FOUCAULT (Eustache). Sujets religieux ; in-32, d'après *Jaspar Isaac*.

FOURAAZ (J. de). — Portrait de Grégoire de Valentia, jésuite ; in-8.

FRANC (attribué à Baptiste). — Sujet religieux allégorique ; in-4 en larg.

Bas-relief : femme drapée ; pièce in 8.

FROSNE. — 3 vignettes ; in-32. Frontispices, 2 semblables.

FURCK. — Frontisp. d'ouvr. sur la médecine ; in-4.

180 — GALLE (Cornelius). **La mort de Sénèque.**

Deux portraits avec encadrements allégoriques.

Trois pièces in-4 en haut.

Saint Norbert ; in-12.

Frontispices d'ouvrages, édités à Anvers, par Plantin et autres, trois avec titres en partie coupés ; 7 pièces in-4. Autre, in-12.

GALLE (Joannes). — La Vierge et l'enfant Jésus ; vign. in-32.

Tête du Christ ; petite pièce sur parchemin.

181 — GALLE (Ph). Série de gravures allégoriques sur les *vices*, d'après *Collaert, Mallery, Corn. Galle* ; 8 pièces grand in-8.

181 *bis*. — Scènes de la vie de **Cosme de Médicis** ; grav. grand in-8, d'après *Joannes Stradanus*, 1582; douze pièces en 2 séries : la première de 4 pièces, la seconde de 8 pièces.

181 *ter*. — Construction du temple de Salomon ; petit in-fol. en larg.

Portrait du cardinal **César Baronius** ; in-4 en haut.

La mer de bitume ; petit in-4 en larg.

182 — GALLE (Th.). 5 marines, sujets allégoriques, d'après *F. H. Brueghel* ; grand in-8.

Portrait de **Justus Lipsius** ; grand in-8.

183 — GANTREL (Steph.). Série de portraits, grands médaillons ; 7 pièces in-fol. :

Ægedius de Beauvais, évêque; **Nicolas Pavillon**, évêque d'Alet. **Hilarion de Cotentin de Tourville. Antoine Girard**, évêque. **Éléonore de Matignon**, évêque. **Ferdinand de Neufville**, évêque. **François de Camilly**, docteur en Sorbonne, abbé de Saint-Pierre.

Deux autres portraits in-4 : **Jacob-François-Édouard, prince de Galles, Jean Garnier**, jésuite, savant.

Louis de Melun, prince d'Épinoy ; portrait in-fol., d'après de Troy, 1695.

Frontispice de l'ouvrage : **Histoire du Calvinisme** ; in-8. Sujet allégorique in-12.

184 — GAULTIER. Portrait du président **Faucher**, 1610 ; grand in-8.

5

Sujet pieux et allégorique (La mort du juste), tiré d'un livre de prières.

Saint Chrysostome, en pied.

Portraits : **Josias Bérault**, avocat au parlement de Normandie ; 2 exempl.

Philippe de Gamaches ; 2 exempl.

Henri IV, à cheval.

La Framboisière ; — 7 pièces in-4.

Henri IV ; ovale, in-12.

Henri III, roi de France ; in-12.

185 — Frontispice d'ouvrage religieux ; in-4.

Portraits : **Jeanne d'Arc**, à cheval, 1612. **Steph. Paschasius**, 1617. **Thomas Stanspleton** ; 2 ex. **Nicolas de Heer**, doyen de Saint-Aignan ; pièces in-12.

La fontaine de sagesse, sujet allégorique ; in-12.

Frontispices d'ouvrages, plusieurs avec titres enlevés en partie. Allégories ; 5 pièces in-8 et in-12.

186 — GEYN (I. de) Junior. Sujets historiques ; 4 grav. grand in-4 en larg., d'après *Ant. Tempestius.*

187 — GIFFART (Pet.). **Tombeau des Valois**, d'après *Alex. Leblond ;* grand in-4, en larg.

Frontispice de l'ouvrage : **Gallia Christiana**, tome Ier ; in-4.

188 — GOLTZIUS (Henricus). Série d'estampes représentant des personnages de l'antiquité avec titre gravé : **Memorabilia aliquot Romana strenuitatis exempla**, etc., 1586 ; 9 pièces in-4.

189 — GONDIUS. Paysage, sujet biblique. 2 autres paysages, marines ; 3 pièces petit in-4.

190 — GREUTTER. Prédication par un saint, d'après *Carol. Saracen,* de Venise ; in-fol. en haut. Rome, 1614 ; un peu détériorée.

GUÉRARD (le fils). — Homme nu portant un sanglier ; étude ; grand in-8, d'après *Houasse.*

GUIGOU. — Frontispice d'ouvrage religieux ; in-4.

HAEFTEN. — Scène d'intérieur ; in-4.

191 — HALUECH (Adrien). — **Famille des Médicis**; 15 pièces, grand in-4.

192 — HEEMSKERCK (d'après). 3 sujets de la vie de **saint-Pierre**, en une est. petit in-4.

HERBIN. — Portrait : **Davy du Perron** ; grand in-4.

HOLTMAN. — Frontispice d'ouv. in-8.

HOOGHE. — Frontispice d'ouvr. : **In matrimonium sacramentum notæ**, 1675 ; in-12.

193 — HONDIUS. 2 vues de Hollande, 1603 ; in-4.

HOUERNOGHT. — Portraits : **Saint Thomas d'Aquin. Saint Bernard**; in-4.

HULSMAN. — Frontispice d'ouvrage; in-4.

HUMBELOT. — Portrait ; petit in-4.

HUSTIN. — Frontispice d'ouvrage ; in-4.

194 — HURET. Le **cardinal Mazarin** ; autre portrait ; 2 grav. in-4 ; **François de Sales** ; in-12.

Quatre sujets mythologiques ; in-8.

Frontispice d'ouvrage ; in-4. Autres; in-12 ; 7 pièces.

195 — ISSELB. Frontispice d'ouvrage, d'après *Brann*; pièce in-4. Plusieurs sujets; titres coupés en partie, 1612.

JACQUARD. — Frontispice d'ouvrage, titre coupé, 1613 ; in-4. Autre, plusieurs médaillons avec sujets religieux ; Poitiers, 1615 ; in-12.

JANSSONIUS. — Portrait de Pierre Jeanninus ; oval, grand in-8.

196 — JASPAR (Isaac). Portraits : **César Baronius Soranus, cardinal** ; in-4.

Louis Charondas le Caron, jurisconsulte.

Charles Loyseau, avocat au Parlement; 1613.

Michel de Castelnau, seigneur de Mauvissière; in-18.

2 grav. petit in-4.

Guillaume de Baillon, docteur-médecin à Paris.

Le R. P. Claude Bernard ; 2 grav. in-12.

197 — *Id.* Deux frontispices d'ouvrages in-4.

Autres, in-8 et in-12 ; 3 vignettes très-petit format.

Sujets divers : **Adam et Ève** au Paradis terrestre. Sujet historique, d'après *Tempesta* ; 2 grav. in-4, en larg.

Le roi David en prières ; **la Nativité** ; **la Cène** ; **l'Assomption** ; 4 grav. in-8.

Saint Bruno en prières ; in-32.

198 — JODE (Gérard de). **Histoire de Tobie,** d'après *H. Bol.* 6 est., petit in-4.

199 — JODE (Petrus de). Série de **batailles d'Annibal** d'après *Antonius Tempesta* ; 8 pièces in-fol., en larg.

Cinq portraits ; un, petit in-4 ; les autres, in-12, ov.

200 — *Id.* **Le jugement universel** de *Jean Cousin*, gravé par *Pierre de Jode*, en 12 feuilles numérotées.

201 — JOLLAIN. 2 frontispices d'ouvrages, dont un in-8 ; **Histoire du Luthéranisme ;** l'autre, in-12, titre coupé.

KESSEL (Van T.). — **Femme nue se regardant dans un miroir,** d'après *le Corrège* ; 9 p. in-8.

202 — KILIANUS (Lucas). **La résurrection de Lazare** d'après *Jacobus Palma* ; grav. in-4, en haut.

HIÉRON, d'après *Joseph Heintz* ; 2 ex.

La naissance de Jésus-Christ, d'après *Joann. Rottenh.* : 2 grav. in 4. en haut.

Portrait de **Christophe Schwaiger** ; in-8.

Jésus-Christ enfant ; est., petit in-fol., d'après **Spranger.**

203 — LANDRY. Frontispice d'ouvrage, 1669 ; in-4.

Id., in 32 ; **Imitation de Jésus-Christ** ; 1660.

LARMESSIN (de). — Saint Félix prosterné devant la Vierge et tenant dans ses bras l'enfant Jésus ; in-fol., en haut., d'après frère André, 1713.

Frontispice d'ouvrage : **Histoire des Carmes déchaussés** ; in-4.

204 — LASNE (Michel). Portraits : **Pompone de Bellièvre,** 1621. **Charles Bernard,** conseiller du roi, premier président de Grenoble. **Charles,** sire de Créquy et de Canaples. **Charles Sorel,** historiographe de France.

Trois autres portraits sans titre ; l'un, **Séguier,** évêque de Meaux ; l'autre, **Boutillier de Chavigny ;** le troisième, inconnu. En tout 8 grav. in-4 et petit in-4.

205 — Frontispice d'ouvrage, 1704 ; in-4. Autres : **L'année chrestienne,** allégorie sur Louis XIII ; 2 grands in-8. **Le livre de Job ;** autre ; sujet allégorique, 1639 ; 3 in-12.

206 — LE BAS. **Troisième fête flamande,** d'après Téniers ; grand in-fol. ; belle épreuve, marge.

207 — LE BLOND. Portraits : **Michel de l'Hospital ;** genre frontispice. **Gustave Adolphe ;** 2 pièces grand in-8.

Ancien Testament : **Moïse et le peuple d'Israël ;** 3 pièces in-4, en larg., d'après le *Pautre.*

Une rue de village ; in-8, en larg.

208 — LEBRUN (d'après). Série des douze apôtres. Chez *Mariette* ; in-4, en un cahier.

Sujet allégorique ; in-4.

209 — LE CLERC (Jean). 7 portraits in-8, tirés d'ouvrages.

LE CLERC (J.-B.). — Scènes de martyres ; cahier de 28 grav., grand in-8.

Frontispice d'ouvrage : **Glossarium ad scriptores mediæ ;** in-4.

210 — LEGRAND. Frontispice d'ouvrage : **La Muse lyrique,** d'après Huet ; in-12.

LEMMELIN. — Frontispices d'ouvrages ; Anvers, 1655 et 1668 ; 2 grav. in-4.

211 — LE PAUTRE. Série de vases. Éd. chez *Mariette* ; 4 pièces, petit in-4.

Deux frontispices d'ouvr. ; petit in-12.

LEPICIÉ. — **Pierre Grassin,** directeur des monnaies, d'après *Largillière* ; in-4.

LEROY. — 2 frontispices d'ouvr. ; Lyon, 1726 ; in-12.

212 — LEU (Thomas de). Portrait de **Bertrand d'Argentré ;** grand in-8.

Sujets philosophiques ; 4 grav., grand in-8, en larg.

Sujet allégorique ; in-12, au carré.

213 — *Id.* Série de portraits tirés d'ouvrages ; **Rois et reines de France et autres personnages** historiques ; 52 pièces in-8. 3 autres portraits en double.

Sujets religieux ; 2 pièces in-32. Autres : **Jésus-Christ embrassé par Judas** ; saint Jérôme au désert ; 2 pièces in-8, en haut.

LIZEBETIUS. — Sujet relatif à l'enfance de Jésus-Christ; in-8, en larg., d'après *I. Titian.*

214 — LOCHON. 8 portraits, grand et petit in-4 : **César d'Estrées**, évêque de Laon. **Talon**, président à mortier. **Vallot**, médecin du roi. **Louis Messier**, doyen de la faculté de Paris (double). **Saint Vincent de Paul** (double); et trois autres sans titre.

Jésus-Christ, avec emblèmes ; in-32.

215 — MALLERY ((. de). Sujet se rattachant à la vie de Jésus-Christ, d'après *Stradanus* et *J. Galle* ; grav. petit in-4 en larg.

Portrait in-8 ; autre, **saint Claude** ; in-12.

Frontisp. d'ouvr. ; Paris, 1609 ; grand in-8.

Sept autres frontispices d'ouvrages, titres coupés; in-12 et in-32.

216 - MARIETTE. Sainte Famille (**Fuite en Égypte**) ; 1667; grand in-8.

MARET (d'après). — Frontispice d'ouvrage : **Gallia Christiana** ; in-4.

217 — MARTIN DE VOS. Sujet biblique et allégorique : **Ève attachée à un arbre**, et paysage avec sujets divers : grand in-4.

Le jugement dernier, d'après *Michel Ange*; in-4, en haut. **Le baptême de Jésus-Christ.**

Sujet allégorique sur l'agriculture ; in-4, en larg. (attribué à Martin de Vos).

218 — MASSON. — **Gabriel de Roquette**, évêque ; grand médaillon, in-fol.

MATHAM. — Frontispices d'ouvrages : **Le directeur pacifique des consciences**, 2ᵉ édit. **Défense de l'Église romaine** de M. de Brébeuf. **Florus Francicus**, 2 ex. **Métamorphoses d'Ovide. Flore gallicane** ; vignette de livre d'église; 6 pièces in-32.

Allégorie, vaisseau : in-12.

219 — MATHÆUS. Sujets religieux : **L'Ascension. La Pentecôte. Le roi David** ; 3 grav. in-8, sans marge. **Sainte Élisabeth. La Nativité.** In-12.

Frontispices d'ouvrages, et 3 vignettes ; 6 grav. in-12 et in-32.

Frontispice d'ouvrage religieux ; in-4.

MÉNARD (Franc.). — Portrait de Verdun, d'après *du Moustier* et *C. de Pas* ; in-8.

220 — MEPPLIUS (Aaron). Frontisp. d'ouvr., titre coupé, in-12 ; 1609.

MEBEL. — Portrait d'ecclésiastique, entouré de divers sujets; in-4, en haut.

MERLEN (Abraham Van). — Frontisp. d'ouvr. titre coupé; in-12. Autre : **Hymnus angelicus,** in-32.

221 — MESSAGER. Sujet religieux : **Pèlerinage de Montserrat**, avec

petites vignettes en bordure, représentant des scènes pieuses et des miracles, in-fol. **Saint Philippe** ; in-32.

MONTBARD. — Portrait : **Olivier Iegou de Quervillio**, évêque ; in-fol., ovale.

MONPÈRE (Bartholomeus de). — **Kermesse flamande** ; grand in-4, en larg. ; Anvers, 1559.

222 — MONTCORNET (Balthazar). **La tour de Babel** ; in-fol. en larg. (Montcornet et Cochin).

La Vierge et l'enfant Jésus ; grand in-4.

Scène de martyr; in-32. Quatre petits sujets en ovales (paysages).

223 — MOREAU. Frontispice d'ouvrage religieux ; in-8 (1633).

MORELSE. — Sujet allégorique sur l'amour, au trait, double teinte (1612) ; petit in-4, en larg.

MORTIER. — Frontispice d'ouvrage, **Une abbesse, avec sa crosse et tenant le plan en relief d'une église** ; in-12.

Frontispice d'ouvrage, titre coupé (Saint-Omer) ; in-8.

MULLER (Harman). — Massacre des enfants sous le règne d'Athalie, d'après *Martinus Heemskerck*; petit in-4, en larg.

224 — NANTUEIL. — 17 portraits : **Louis Phelypeaux, duc de Laurillière. Guill. de La Loignon. Jean-François-Paul de Gondy, le coadjuteur. Jean Chapelain**, conseiller du roi. **L'abbé Dominique de Ligny. De Beaumanoir Lavardin, évêque du Mans. Potier de Nouvion, (double). Léonor Goyon de Matignon. François-Paul de Neufville Villeroy. Le cardinal Mazarin**, etc. ; et autres portraits d'ecclésiastiques ; 15 grav. in-4 et 2 in-8.

NICOLE DE NANCY. — Armes de cardinal, avec figures ; in-12.

NOBLIN. — Frontispice d'ouvrage : **Abrégé des merveilles de Dieu** ; 1683 ; in-12.

225 — PANNEELS (Herman). Frontispice d'ouvrage religieux, avec portraits d'évêques en méd. ; in-4.

PARIZEAU. — 2 reproductions de statues, d'après *La Rue* ; 1771 ; in-8 en haut.

PASSŒUS (Simon). — Portrait d'Ant. de Pluvinel ; in-8

PASSUALINUS (Jean-B.). — 2 sujets allégoriques sur l'amour, d'après le *Titien*.

PATIGNY. — Frontispice d'ouvrage, avec portraits de grands hommes de l'antiquité, en méd. ; in-8.

Série de 8 paysages ; in-8, en larg., en cahier.

226 — PERELLE. Série de paysages ; 12 grav., petit in-4, en larg.; et 6 autres in-8, en larg.

227 — PERRET (F). La peinture, sujet allégorique, d'après H. Speekart (1582) ; grand in-4, en haut.

PICART (B.). **Frédéric-Guillaume**, roi de Prusse ; ov., grand in-8. Sujet allégorique ; in-12.

228 — PICART (Jacques et Jean). Sujet allégorique sur la guerre et l'ambition ; in-8, en haut.

La Nativité ; in-8.

Sujet allégorique. Frontispice d'ouvrage. 4 grav. in-32.

Portraits : **François de Paule. Jean Berghmans.**

PICART (Jean). — Prophètes et personnages de l'Ancien Testament ; 19 pièces in-32.

Portrait de **Pierre Camus**, évêque de Bellay (double) ; in-12.

229 — PICART (J.). Frontispice d'ouvrage religieux ; 1667, titre coupé ; in-4.

Autres : **L'année chrestienne** ; tome II, grand in-8. **Le ministère de la croix**, par le P. MOLINIACA ; Lyon ; 3 ex., in-12. Sept autres, titres coupés ; in-12 et in-32. Autres : **Journal littéraire** (La Haye). **État présent des provinces unies. Cours de géographie**, par Ph. Labbé ; petit in-12.

4 sujets allégoriques, in-32.

3 autres pièces, in-12 et in-32.

PICART (Stephanus). — Portraits: **Loisel**, docteur en Sorbonne. **Nicolas Pavillon**, évêque. **Nicolas Choart de Buzenval**, évêque de Beauvais ; 3 pièces, méd. ov., in-4.

230 — PICQUET. Frontispice d'ouvrage : **Les estats, empires et principautés du monde** ; Paris, 1630.

Sujet allégorique ; in-12 (double).

Sujet religieux ; 2 ex., in-32.

PILLEMENT. — **Livre de différentes vues de ferme en Angleterre** ; série de 6 paysages publiés en 1761 (*J. Pillement* delin.) de la collection de C. Leviez.

231 — PIRANÈSE (Le). Colonne Antonine, pièce portant 3 mètres de hauteur sur 22 à 25 centimètres de largeur, du fût de la colonne ; (en rouleau).

232. — Colonne Trajane, même genre et mêmes dimensions ; (en rouleau).

233 — **Le antichita romane**, opera del cavaliere GIAMBATISTA PIRANESI, architetto Veneziano ; quatre volumes in-fol., avec texte, plans et gravures ; Rome, 1784 (Également mentionné dans le catalogue des livres).

234 — PITTAU. Portrait en méd., avec figurés emblématiques sur les côtés ; in-12.

POMERANESO. — Sujet religieux ; petit in-4.

PONTIUS. — Série de têtes de grands personnages de l'antiquité ; statues antiques, d'après *Rubens* ; 1638 ; 12 pièces in-4, en cahier :

Sénèque, Socrate, Platon, Damocrite, Hippocrate, César, Brutus, Néron, Corn. Scipion, Cicéron, Démosthènes, Sophocle.

235 — POTTER (Paul). Animaux (1630) ; 16 pièces in-12.

PRÉVOST. — 2 sujets allégoriques ; in-12, en larg.

236 — QUESNEL. Sujets divers, d'après *B. Brebiette* ; 20 grav. in-8, en larg. (cahier).

237 — REMBRANDT. **Descente de croix** ; in-4. Il y a deux exemplaires, dont l'un sans marge mais d'un plus beau tirage ; l'autre est avant la lettre.

238 — RENATUS. Scène de la guerre de Troie ; petit in-fol., en larg., d'après *Rom. Florent.*

RIOURDELLE. — 3 portraits in-8.

ROURE. — La Nativité, d'après *Sébastien Joiron* ; in-12.

239 — ROUSSELET. 2 frontispices d'ouvrages. Portrait allégorique d'évêque ; 3 grav. in-4.

RUCHOLLE. — Frontispice d'ouvrage, avec sujets allégoriques; in-12. Autre, avec personnages ; in-4.

240 — SADELER (Ant.). Le char de l'agriculture ; petit in-4.

SADELER (Égidius). — Tête de femme ; grand in-4, en haut., d'après *Albert Durer* (1506).

241 — SADELER (Johannes). Sujets de l'Ancien et du Nouveau Testament, d'après *Martin de Vos* ; 12 pièces grand in-8.

242 — SADELER (Justus). Le printemps, l'été et l'automne, d'après *Jean Bol* ; 3 pièces, grand in-8.

243 — SADELER (Marco). Sujet allégorique sur les beaux-arts; •pièce in-fol., en haut.

244 — SADELER (Ph.). Frontispice d'ouvrage : **Henliotropium**, etc. ; in-32.

Portrait d'un schah de Perse ; grand in-8.

SADELER (Raphaël). — Paysage ; premier plan, sujet d'une fable: **L'aigle et le scorpion** · grav. in-4, en larg., d'après *Pozzo.*

Le jugement de Paris ; in-4, en larg., d'après *Hans Von Achen* ; 1589.

Travaux des champs, 1601 ; petit in-4.

Prédication de saint Jean dans le désert, d'après *Scarssellinus* ; in-4, en haut.

La résurrection de Lazare ; in-4, en haut., d'après *Rothamer.*

La Vierge à la chaise, d'après *Raphaël.*

Jésus-Christ au Jardin des Olives ; in-8.

La Vierge allaitant l'enfant Jésus ; in-12 ; d'après *Ligotius.*

245 — SAENREDAM. Pomone ; in-fol. ; d'après *A. Bloemaert,* 1605.

Sacrifice antique ; grand in-4, en larg.

Adam et Ève ; petit in-4, en haut.

246 — SALY. Vases, par *Jacobus Saly* ; 31 p., avec le frontispice in-8.

247 — SCHOOR. **Saint François de Paule**, avec paysage ; in-12.

SCHUPPEN (Van). — Portraits : **Max.-Henri**, archev., prince électeur ; 1671, in-fol. **Charles Maurice Letellier**, archev. de Reims; in-4. Le pape **Alexandre**, d'après *Mignard.* **Nicolas le Camus** ; in-4. **Pierre de Marca** archevêque de Paris ; petit in-4. **Charles Letellier**, archevêque. **Jean-Louis de Fromentières**, évêque ; in-12.

248 — SCOTIN. Frontispice d'ouvrage, titre coupé (double) ; 1782, in-12. Autre : **Les œuvres de maître Rabelais.**

Vignette d'ouvrage de piété ; 2 pièces in-32.

SEVIN. — Cortége funèbre ; in-32, en long.

SIBRANDT (d'après P.). — Marine : **Voyage de Vasco de Gama ; Vue de Bantam** ; pièce in-4, en larg.

SIMONNEAU. — 3 petits sujets mythologiques ; in-32, en larg.

249 — SILVESTRE (F.). Paysages dédiés à M. le marquis de Beringhen ; 12 grav., avec le frontispice ; in-4, en un cahier.

250 — SOMER (Van). 3 sujets allégoriques sur la guerre, la chasse, la musique et les arts du dessin ; pièces grand in-8, en larg.

SORNIQUE. — Frontispice et vignette de l'ouvrage : **Voyage en l'autre monde, ou Nouvelles littéraires de celui-ci** ; 1753, 2 p. in-32. Un cul-de-lampe ; in-32.

SPINRHUSIUS (Jacobus). — Martyre de saint Sébastien ; 1558, grand in-4, en larg. (un peu détérioré).

251 — SPIRINX. **Jean de Lugo**, espagnol, jésuite.

Portrait sans titre, in-8.

Deux vignettes ; in-12 et in-8.

Frontispices d'ouvrages : **Casp. Hofmanni. Entretien solitaire** ; 2 pièces in-8 et in-32.

Sujets allégoriques ; 5 pièces in-12.

Frontisp. d'ouvr. ; Lyon, 1637, 1639 et 1692 ; 3 pièces, in-4.

252 — STELLA (Claudine). Pastorales, d'après *J. Stella* ; Paris, 1667 ; 15 pièces, in-4, avec le frontispice.

Travaux de jardinage ; petit in-4, en larg., d'après *J. Stella.*

Trois frontispices d'ouvrages ; in-4.

253 — STEPHANUS (F.). Les Hébreux adorant le serpent dans le désert, d'après *Cusin* ; petit in-fol., en larg.

254 — SURUGUE. Mois de l'année : **Janvier, Avril, Mai,** etc. ; 10 pièces, d'après *Lebrun* ; in-8.

255 — SWANENELT (Herman Van). 3 paysages ; petit in-4, en larg.

256 — TARDIEU. La colonne de la grande armée d'Austerlitz ; série de 38 grav. au trait.

La résurrection des morts ; petite vignette.

257 — TIENEN (Corn. Van). Une kermesse, d'après *Pet. Vander Borcht.* 1 pièce, petit in-4, en larg.

258 — THOMASSIN. Frontispices d'ouvrages ; 2 pièces in-4. Autre et sujet religieux ; 2 pièces in-32.

TROYEN. — La sainte face, d'après *Nantua* ; grand in-8.

259 — VALLET (Guil.). **De Noailles**, archev. de Paris ; 1 grav. in-4 (médaillon).

VERMESSON (de). — Jésus-Christ (**sanctus sanctorum**); in-8.

VILLAMENA. — Un moine prosterné devant un crucifix, dans la campagne ; petit in-fol., en haut.

VITALL. — Vignette : **Femme tenant deux enfants sur ses genoux.**

VIVIER (G. du). — Frontisp. d'ouvr. : **Les saintes et adorables paroles de l'Écriture.** Liége ; in-4.

260 — VORSTERMAN. La Vierge prosternée devant l'enfant Jésus; grand in-8.

Saint Georges terrassant le dragon ; 1627, d'après *Raphaël* ; petit in-4, en haut.

261 — VOET (Alexandre). Frontispice de l'ouvrage : **Legatio ecclesiæ triumphantis**, etc. ; Anvers, 1638: in-4 (en double).

WAUMANS. — **Antonius Haasechus**, évéque ; 1 p. in-12, ov., d'après *Jean Meyssens.*

WEYEN (Herman). Sainte Marie l'égyptienne. Saint Benedict. ; 2 p. in-32.

Vignette d'ouvr., in-12.

Frontispice ; 1659, in-32.

262 — WICHEM. Portrait de Saint; bois avec encadrement.

Judith présentant la tête d'Holopherne ; 2 pièces in-8, en haut.

WIERICK (Jean). **Don Alvarus Nonius** ; 1586.

WIERX (Anton.). Saint Ignace en prière ; in-12.

WIYELET. — Frontispice de l'ouvrage : **Le ministère du cardinal Mazarin.** in-4.

ZOCCHI. — Sujet allégorique : **L'amour, à qui une femme arrache les ailes** ; 1 pièce grand-in-8, d'après *Volterrano* (double).

263 — Diverses pièces, in-4, in-12 et in-32 ; frontispices et vignettes d'ouvrages, par BELLERUS, BALTHAZAR, BERMAN, BLANCHIN, BLANC, BOEL, BOUTTATS, BRUYNEL (Jacques), COLLIN-RICHARD, COLYN, DALEN, DELFF, DIEPENBECKE, HALBEECK, REGNESSON.

264 — Scènes de chasse, par COLLAERT, d'après *Jean Stradanus* ; 6 pièces, petit in-4.

Autres, par Ph. GALLE, d'après *Jean Stradanus* ; 8 pièces, grand in-8.

Autres, par Michel LASNE ; 3 pièces ornées d'encadrements formés d'attributs et sujets divers, d'après *Jean Stradanus* et *Collaert*; 3 pièces, in-fol., en larg.

Chasse au filet, par S. STELLA, d'après *J. Stella* ; petit in-4.

Chasse au lion, chasse au taureau ; 2 grav., petit in-4, en larg.

Deux autres pièces, in-8 : sujets de chasse.

265 — **Album de Vues de monuments d'Italie** ; 16 grav., petit in-4, en larg., par Luca CARLEWARIIS.

266 — Série de frontispices de divers ouvrages, dont une partie des titres a été détachée; 27 est., in-4.

267 — Sujets divers ; paysages, frontispices et vignettes d'ouvrages ; sujets allégoriques ; in-4, in-8 et in-12 , 22 pièces.

268 — Divers sujets religieux, une grav. ancienne sur bois, une vignette au trait sur parchemin ; 14 pièces, in-4, in-8 et in-12.

269 — Divers : **Vaisseau traîné par des chevaux marins** (allégorie historique), (un peu détérioré); in-fol.

Navire en mer ; allégorie mythologique ; petit in-4.

270 — Monument funèbre de **Henri II de Montmorency.**

Fontaine élevée en l'honneur de Sixte-Quint, avec les chevaux de Phidias et de Praxitèle, d'après le peintre *Jean Guerra* ; 2 grav., in-fol. en larg.

271 — **Le Jugement dernier,** d'après *Michel Ange* ; petit in-fol., au carré.

Apollon et les Muses, sujet allégorique ; grand in-4, en larg.

Bataille, sujet antique; est. tout en largeur; haut. 0,155 millimètres, larg. 0,540.

272 — Portraits divers :

Le prince Ambroise Spinola (2 portraits différents in 4). **Henri III,** grav. en 1581 ; petit in-4. Autre, différent, mais mêmes date et dimensions (bois). **Rodolphe II** ; petit in-4.

Henri, duc de Montpensier. Robert de Sommerset. Lipsius (moribus antiquis). **Christophe de Portugal. Charles-Philippe de Croy. Guillaume de Nassau.** etc., etc. 4 autres sans titre ; en tout 10 pièces in-8.

2 grands portraits in-fol. et in-4 sans titre ;

Autres : **Antoine de Bourbon** roi de Navarre. **François de France** duc d'Anjou. **Elisabeth d'Autriche,** reine douairière de France. **François II,** roi de France.

4 portraits in-8, de l'époque comme les autres .

273 — Grands paysages, sujets bibliques ; 2 est., in-fol., et une autre grand in-4, en larg.

274 — Portraits ; 8 grav., in-4 et petit in-4 : **Le père Laurent Surius** (double). **Saint Grégoire le Grand. Saint Bernard** (2 portraits différents). **Saint Rupert. Saint Augustin.** Autre.

275 — Trois paysages, estampes anciennes (Hollande) ; in-8, en larg.

276 — Série de frontispices de divers ouvrages avec titres ; 21 est., in-4.

277 — Scènes de batailles, de naufrages, etc. ; eaux fortes anciennes ; 9 pièces, in-12.

278 — Pièce allégorique se rattachant à Paris (navire symbolique) avec les mots : **Lutetia** ; bois ancien ; in-8.

279 — Série de pièces allégoriques avec sentences : 26 grav., in-8 et in-12.

280 — Frontispices, trophées, sujets religieux, divers ; 122 grav., in-8 et in-12.

281 — Portraits de Saints ; 12 pièces, in-12 : **Saint Augustin. Saint Rieul. Saint Siméon. Sainte Anne de Jesus. Le roi David**, etc., etc.

282 — Mendiants, grotesques ; 7 pièces, in-8 et in-12, attribuées à *Callot.*

283 — Série de 6 pièces : **Animaux** ; attribués à *Desportes.*

284 — Série de médaillons ronds, sujets allégoriques ; grav. anciennes ; 62 pièces in-12.

Sujets allégoriques sur les vices ; 5 p., in-12 et in-32.

285 — **Les Prophètes** ; 19 grav. anc., in-12, par divers : Ferd. VAN ETTEN, Jean LE CLERC le jeune, J. DE COMBES.

286 — **Les Césars** ; 12 pièces, in-8, en cahier.

287 — 20 sujets, tirés de la **Genèse** (première moitié du XVIIe siècle) ; petit in-4, en larg.

288 — 12 pièces, médaillons ronds, in-8 ; estampes représentant des sujets allégoriques ; quatre portent une légende moitié hollandaise, moitié française ; quatre avec légende hollandaise et dystiques français ; quatre avec légende hollandaise seulement.

289 — Série de comtes de Hollande, par divers : Simon PASSŒUS, ELSTRACKE, etc. ; 22 pièces in-8, en cahier.

290 — Estampes relatives aux voyages de **Christophe Colomb** et d'**Améric Vespuce** ; 2 pièces, petit in-4, en larg.

291 — Estampes de 1550, sur parchemin, tirées d'un ouvrage religieux, représentant : l'une, **le Christ sur la Croix** ; l'autre, **le Père éternel** ; 2 pièces, petit in-4.

Autre gravure ancienne, **Devant d'autel** ; 2 bois.

292 — Sujets divers, albums de 130 gravures anciennes, par THOMAS DE LEU, J. LE CLERC et autres ; in-8 en larg.

292 *bis* — Portraits divers, tirés d'ouvrages ; 15 pièces, in-12 et in-32.

293 — Sujets allégoriques avec sentences, grav. tirées d'ouvrages ; 84 pièces, in-12 et in-32.

294 — Série de très-petites vignettes, tirées en général de livres de piété ; 80 à 100 pièces ; très-petit format.

295 — Bois anciens : **Armes, écussons**, etc., tirés d'ouvrages, petit format ; environ 80 pièces.

296 — Frontispices d'ouvrages, allégories ; 98 pièces, in-12 et in-32.

297 — Petites gravures et vignettes ; sujets religieux, divers ; 120 pièces, in-32.

DESSINS; AQUARELLES; DIVERS.

1 — 8 petits dessins d'HUET : têtes d'animaux ; 1787.

2 — Dessins de graveurs abbevillois : DENNEL, Théophile DANZEL, ALIAMET. 6 pièces.
Entre autres une très-jolie aquarelle représentant une baraque de saltimbanques.

3 — 3 dessins au crayon rouge : nature morte et animaux, attribués à FLIPART.

4 — Plans d'un banc-d'œuvre et de cheminées, par COUCHÉ, peintre-décorateur du duc d'Orléans.

5 — Une série de sujets au lavis, à la sépia et à l'aquarelle ; 10 pièces.
Scènes antiques, animaux, combats de coqs, etc.

6 — 2 dessins : une femme plumant un coq, lavis ; nymphe endormie.

7 — 2 dessins de BOMY, peintre abbevillois.
Voir *Biographie d'Abbeville*, p. 64.

8 — 3 vues de monuments d'Italie ; gouaches.

9 — 5 aquarelles : animaux, coquillages et fleurs.

10 — 9 pièces : dessins, aquarelles et encre de Chine ; paysages et marines.

11 — Aquarelle représentant des poteries antiques et des silex taillés, trouvés en Picardie.
A cette feuille sont jointes 8 pages in-fol. de la main de M. de Bommy sur les variétés de la tourbe et les camps romains en Picardie.

12 — Tête de femme, aux deux crayons.
Deux esquisses de personnages.
L'Ascension, à la plume et teinté.

13 — Divers sujets : esquisses, à la plume et au crayon ; 9 pièces.

14 — Autres dessins, au crayon, à la plume ; 3 pièces. Trois autres, au lavis.

14 *bis* — Images religieuses coloriées ; in-8 et in-12, sur parchemin. 7 pièces, papier chinois.

ABBEVILLE, DÉPARTEMENT DE LA SOMME ET LIMITROPHES.

VUES, CARTES, PLANS, DIVERS.
(GRAVURES DESSINS ET AQUARELLES).

15 — Quatre plans d'Abbeville, dont deux de très-petites dimensions sont des chefs-d'œuvre de topographie.

16 — Une aquarelle in-fol., représentant la chaussée Marcadé après l'explosion du magasin à poudre.

17 — La tour Harold, à Saint-Valery; la porte Marcadé d'Abbeville (petit médaillon sur parchemin) ; portrait de Racine, dessiné par CHOQUET fils; le beffroi de Saint-Riquier, avec notice historique par M. de Bommy ; 3 pièces.

18 — La porte du Bois ; la porte Saint-Gilles ; le pont des Prés ; les tours du Maillefeu ; la porte d'Hocquet, etc. 10 dessins in-fol. au crayon, de la main de M. Delignières de Saint-Amand.

19 — Croquis divers, exécutés par M. Delignières de Saint-Amand, pour ses albums sur Abbeville; cahier relié, en long., contenant une centaine de pièces avec des notes de M. de Bommy.

20 — Vues générales d'Abbeville, de ses monuments divers, et portraits de ses célébrités, exécutés par M. Delignières de Saint-Amand ; un volume, petit in-fol.

Ce recueil, dont les principaux dessins sont uniques, contient entre autres :

Quatre vues générales d'Abbeville, l'une prise avant l'année 1619.

Plan géométrique d'Abbeville avec son enceinte fortifiée.

Plans, vues et détails de l'église et du prieuré de Saint-Pierre d'Abbeville (monuments détruits, au nombre de 12).

Plan de la vicomté de Saint-Pierre d'Abbeville, suivi de quelques notes historiques sur les diverses vicomtés de cette ville.

L'hôpital de Saint-Étienne et le corps-de-garde contigu.

L'église et le couvent des Carmes ; 3 planches uniques ; (détruits).

Vue de la place d'Armes avant 1789.

Figure d'un ancien curé de Saint-Éloy.

Costumes des femmes d'Abbeville et du littoral du Ponthieu au XVIIᵉ siècle ; copiés dans l'ouvrage de D. Claude Devert.

Plantation de l'arbre de la Liberté sur la place d'Armes.

Plan, portail, ancien autel et jubé de Saint-Vulfran ; 4 planches.

Vues de l'ancienne porte Comtesse; 2 planches ; (détruite).

Façades du Bourdois en 1669 et en 1780 ; 2 planches.

L'église Saint-Georges, vue d'un jardin de la rue de Locre (détruite).

L'Hôtel-de-Ville (sa façade, l'intérieur de la cour et le clocher) ; 3 planches.

Le portail, les autels et divers autres détails de l'église Saint-André ; 5 planches ; (détruite).

L'hôpital Saint-Jacques (détruite).

Restes de l'église de Sainte-Catherine (détruite).

Portail de l'église des Templiers.

Les moulins de Maillefeu et de la rue Watepré ; 2 planches

La rue du Pont de Boulogne ; 2 planches.

Les ruines de la Gruthuse ou du District (détruite).

Le portail de l'église Saint-Gilles.

L'ancienne porte Saint-Gilles (détruite.

Plans du Pâtis en 1748 et 1791 ; 2 planches.

Ancienne porté d'Hocquet ; 4 planches ; (détruite).

Ancienne porte du Bois ; 2 planches ; (détruite).

Ancienne église de la Chapelle ; 8 planches.

Plans, vues et détails de la Chartreuse, avec des notes explicatives ; 11 planches (détrui'e).

La chapelle de Saint-Milfort, avec une notice historique.

Les moulins de la Bouvaque ; 2 planches.

Buste de Cybèle trouvé à Tours, et vases de terre trouvés à Vron, d'après les dessins du comte de Caylus.

Le château de Rambures, avec des notes historiques ; 2 planches.

Vue d'une porte de Saint-Valery-sur-Somme.

Plan de Rue, avec son enceinte fortifiée.

Ruines de l'église de Saint-Josse-sur-Mer.

Plan du camp de César, près de l'Étoile, tiré des *Mémoires de l'Académie des inscriptions*.

Plan d'un autre camp romain, près de Picquigny, tiré du même ouvrage.

Ruines du château de La Ferté-lès-Saint-Riquier, avec des notes (détruites).

Vue de l'abbaye de Saint-Riquier, rétablie par Angilbert l'an 800, tirée des *Acta SS. Ord. S. Bened.* de Mabillon.

Portail actuel de l'église de Saint-Riquier, et le même sujet lithographié.

Abbaye de Saint-Riquier en 1789 ; 2 planches.

Beffroi de la même ville, avec des notes historiques.

Plan de la ville d'Hiermont, tiré de l'*Histoire des mayeurs d'Abbeville*.

Plan du Vieil-Hesdin, avec des notes explicatives.

Messire Charles de Rambures, d'après la gravure de *Montcornet*.

Jean de Rambures, d'après *le même*.

François de Rambures, *ibid.*

Louis de Valois, duc d'Angoulême, comte de Ponthieu, d'après *J. de His.*

Adrien de Heu, d'après *le même*.

François de la Garde, seigneur de Gumont, ancien maire d'Abbeville, d'après *Lenfant*.

Charles Paschal diplomate, né à Abbeville.

Jean de Nointel, dit Cholet, d'après un ancien tableau de l'église de Saint-Lucien-les-Beauvais.

Guillaume d'Aigrefeuille, ancien prieur de Saint-Pierre d'Abbeville.

Jean de Neufchâtel, id., tiré de l'*Histoire des Cardinaux* de Duchesne.

D. Claude Devert.

Le P. Paschal, capucin d'Abbeville.

Antoine Levêque, chanoine de Saint-Vulfran, d'après son portrait original.

Adrien Demiannay, trappiste d'Abbeville, *id.*

Ch. Manessier de Brasigny, d'après la gravure de *Leclerc*.

Jean Lemoine, cardinal, tiré de l'*Histoire des Cardinaux* de Duchesne.

Nicolas Sanson, d'après la gravure d'*Edelinck*.

Phil. Briet jésuite, né à Abbeville, d'après son portrait original, par *J. Ballue*.

Pierre Duval géographe d'Abbeville, d'après la gravure de *Langlois*.

Claude Mellan (2 portraits).

J.-J. Flipart, d'après la gravure d'*Ingouf.*

Nicolas Blasset, d'après la gravure de *Lenfant.*

Philippe Hecquet, d'après la gravure de *Daullé,* ainsi que cette même gravure.

Mademoiselle Bertin, d'après *Janinet.*

Le comte de Crécy, député aux États-Généraux, d'après *Alix.*

Duval de Grandpré, *id.,* d'après *Allais* (double).

Delattre, *id* Saint-Vulfran, d'après *François de Poilly.*

Jacques Aliamet, graveur (portrait à l'eau forte). François Depoilly, gravé par *Roullet.*

Jacques Gaillard, président au présidial d'Abbeville, gravé par *Lenfant.*

Manessier de Brasigny, par *Leclerc.*

André Dumont, par *Danzel* d'Abbeville.

21 — Un autre recueil, in-4 oblong, également dessiné ou formé par M. Delignières de Saint-Amand, contenant des esquisses, entre autres :

La porte Comtesse, le clocher du Beffroi, le plan des Ursulines, divers profils d'une partie de la chapelle aujourd'hui détruite. Quelques portraits, des armoiries et diverses curiosités locales ;

Le tout accompagné de notes historiques et explicatives par M. de Bommy.

22 — Un autre recueil également dessiné au pastel et au crayon, par M. Delignières de Saint-Amand, contenant :

Vue générale d'Abbeville ; plan de cette ville avec ses fortifications.

Vues de la porte du Bois. 3 planches.

Vues des murailles voisines de la même porte. 2 planches.

Vues de la porte Saint-Gilles et de ses abords, 6 planches.

Vue du pont des Prés.

Vue du pont de la Portelette.

Vue du pont fortifié du Maillefeu.

Vue du rempart et de l'église Saint-Jean des Prés.

Vues de la porte d'Hocquet. 3 planches.

Vues du Pont Rouge. 4 planches.

Vues de la porte Marcadé. 4 planches.

Vue du rempart depuis la tour du Haut degré jusque vers la porte Marcadé.

Vues de l'église de la Chapelle. 4 planches.

Vue d'Abbeville, prise du Champ de Mars, en 1790.

Vue du quai du Pont-Neuf.

Vue de l'intérieur du couvent des Carmes.

Vue du château de la Motte-Buleux.

Pont d'Eaucourt-sur-Somme, avec le vieux château.

Vue du Pont-Remy, prise du bord de l'eau, en 1789.

Vue du château de Rambures.

23 — Un autre recueil, également de M. Delignières de Saint-Amand, contenant :

Les armoiries d'Abbeville, avec support (gravé). Le plan de Robert-Cordier. Divers plans manuscrits d'Abbeville. Les refuges du Gard et de Saint-Valery. Des dessins de sceaux. Des représentations de diverses fêtes. L'église Saint-Georges. Le plan de l'abbaye de Saint-Pierre. Les ruines du District. Des pierres tombales, etc., etc. ; avec de nombreuses notes et dissertations de M. de Bommy.

- 81 -

24 — Autre album, contenant :

Diverses vues, gravées ou lithographiées, des monuments d'Abbeville et de ses environs. Des plans gravés de l'abbaye de Saint-Valery, extraits du *Monasticum Gallicanum*. Des images relatives au culte de saint Marcoul dans l'église de Saint-Riquier. Un grand nombre de portraits gravés, parmi lesquels se trouvent tous ceux des rois ou des apanagistes qui ont porté le titre de comte de Ponthieu, ainsi que les portraits d'Abbevillois et de personnages divers ayant rempli dans le Ponthieu des fonctions administratives ou militaires, le tout accompagné de notes historiques très-nombreuses de M. de Bommy. (On y trouve jusqu'aux portraits des scélérats qui se sont fait une célébrité dans le département.)

25 — Autre album, contenant :

Une liste manuscrite des noms des mayeurs d'Abbeville. Le plan de la vicomté de Saint-Pierre d'Abbeville, avec l'indication du nom des propriétaires des maisons (parchemin). Une vue perspective des Carmes (1777). Des projets pour la construction de l'Hôpital général (1729). Projet de la construction d'un édifice pour les bureaux du directoire du district d'Abbeville. Une vue de l'explosion du magasin à poudre. Un plan de la Chartreuse d'Abbeville et de ses propriétés. Une image populaire de Notre-Dame de Monflières (xviii⁰ siècle). Des extraits du cartulaire de l'abbaye de Bertheaucourt. Plan du champ de bataille de Crécy. Plan de l'ancien bois des Célestins. La ville et le château du Crotoy. Plan de l'embouchure de la Somme, etc., etc. ; avec notes très-nombreuses de M. de Bommy.

26 — Autre album :

Monument élevé à la mémoire de Gui, comte de Ponthieu, dans le prieuré de Saint-Pierre d'Abbeville. Le chef de saint Wulfran. La Mère Gabrielle de Jésus-Maria, fondatrice de l'ordre des Minimesses. Les sires de Rambures, et divers autres personnages connus d'Abbeville et de son arrondissement, avec notes biographiques de M. de Bommy.

27 — Grand plan d'Abbeville, fait à la main, au lavis ; long. 1 mètre 70 cent., larg. 0,42 centimètres (en rouleau).

28 — Plan d'Abbeville et de la banlieue, fait à la main, colorié ; long. 80 centimètres, larg. 50 cent. (en rouleau).

29 — Carte de l'arrondissement d'Abbeville, édition PAILLART.
Carte historique et ecclésiastique de la Picardie et de l'Artois.
Carte du département de la Somme, par M. FOURNIER (un rouleau).

30 — Plan de la maison et des terres des Chartreux d'Abbeville (rouleau).

31 — Nobiliaire de Picardie ou catalogue des nobles de la généralité d'Amiens ; série de 345 écussons avec les armes des familles nobles ; grand tableau de 1 mètre de large sur 0 m. 72 de haut (rouleau).

32 — 2 autres Nobiliaires de Picardie, sur toile ; 1 mètre de large sur 0,72 de haut (rouleau).

33 — Plan et profil des pentes du Canal du duc d'Angoulême (rouleau).

34 — Élévation et profil de la charpente qui compose le beffroi servant à supporter les cloches de la Collégiale de Saint-Wulfran (rouleau).

6

35 — Plan de l'ancienne promenade du Paty d'Abbeville, hors la Portelette, dressé en 1748, à la main, collé sur toile (rouleau).

36 — Abbeville, capitale du Ponthieu, dans la province de Picardie, diocèse et bailliage d'Amiens, sur la rivière de Somme, avec l'indication en marge des principaux monuments ; fait à l'encre de Chine, par M. DE-LIGNIÈRES DE SAINT-AMAND (rouleau).

37 — Plan dressé relativement à une contestation entre M. de Mautort et la ville d'Abbeville sur les bornes de la banlieue, et la propriété du marais de Mautort, disputé à la ville par la commune de Cambron (rouleau en longueur).

38 — Carte dressée à la main sur une assez grande échelle d'une partie de l'arrondissement d'Abbeville comprise entre Abbeville, la route de Saint-Valery, la mer, la limite du département, les forêts de Vron et de Crécy, Drucat et Caux (rouleau).

39 — Plan des maison, jardin et manufacture de M. Sombret fils, levé l'an IV de la République (1795), à la main (rouleau).

40 — Plan du camp de Liercourt ; lavis (rouleau).

41 — 6 cartes anciennes, intéressantes notamment pour la Picardie.

42 — Vues dans le département de la Somme ; 5 photographies, grand in-4.

43 — 3 cartes du département de la Somme ; plans du canal de Picardie et du chemin de fer de Boulogne à Rouen.

44 — Cartes diverses, de SANSON, géographe d'Abbeville ; une liasse (en rouleau).

45 — Cartes de SANSON ; 31 pièces en un cahier.

46 — Cartes de SANSON ; une liasse.

47 — 2 cartes de DUVAL, géographe d'Abbeville.

48 — 2 dessins coloriés du château de Rambures.
Châteaux de Picquigny, de Rambures, d'Heilly ; 3 petites pièces gravées.

49 — Plan du champ de bataille de Crécy ; 2 exemplaires.
Plan colorié du champ de bataille d'Azincourt.
Gouvernement de Rue ; petite carte, à la plume.
Barque de pêcheurs rentrant au port de Saint-Valery-sur-Somme ; lithograph.

50 — Trois vues différentes de l'église de Saint-Riquier ; deux exemplaires de chaque, en tout 6 p., pet. in-4 et in-8 ; lithographies.

51 — Plan d'Abbeville fait à la main, en couleur, *fac-simile* de celui de Robert CORDIER, avec le nom des édifices.
Autre ; pointé pour la gravure.

52 — Plan d'Abbeville, d'après R. CORDIER.
Explosion du magasin à poudre, de MACRET.

53 — Maisons de pêcheurs à Abbeville, par LE VASSEUR (1770).

Vue de Saint-Valery-sur-Somme ; J. ALIAMET direxit.

Église Saint-Jacques ; porte latérale du côté de la Pointe ; lith. de DELPECH.

Vue de l'entrée de *la duchesse de Berry* dans le canal d'Angoulême, (1825) ; lithogr.

54 — Album lithographié par CHALLAMEL, d'après les tableaux de mad⁰ Deherain ; Paris, Jeannin ; 6 pièces in-4, en un cahier.

55 — Vue de Saint-Wulfran, au lavis (A. DELIGNIÈRES, 1792).

Deux vues de Saint-Wulfran ; l'une, lith. de DELPECH, l'autre, lith. de LEPRINCE, à Amiens.

Collégiale de Saint-Wulfran d'Abbeville ; grav. 1823.

Autres vues différentes de Saint-Wulfran, format plus petit ; deux doubles. 5 pièces.

56 — Portraits d'Abbevillois ; dessins à la plume, au trait ou au lavis :

Pierre Duval, géographe. Philippe Briet, jésuite Le père Pascal. Claude Mellan (copie de la grav. d'Edelinck). Ch.-R. Duval de Grandpré, député à l'Assemblée nationale. François de la Garde, seigneur de Cumont, inhumé dans le chœur des Carmélites (d'après une grav. de Lenfant) La vénérable mère Louise-Eugénie de Fontaine, religieuse du monastère de la Visitation, etc. (dessin à l'encre de Chine, par M. Delignières).

57 — Portraits gravés :

Jacques Gaillard, écuyer, seigneur d'Aumâtre, etc., président au présidial d'Abbeville, mort en 1663 (grav. de Lenfant, 1659). Claude Mellan (gravure d'Edelinck). Charles Manessier de Brasigny, né en 1610 (grav. de Leclerc, l'aîné). André Duval, professeur de théologie, etc. François de Poilly, d'Abbeville (grav. de Roullet, 1699). La vénérable mère Gabrielle de Jésus-Maria, d'Abbeville, fondatrice de l'ordre des religieuses minimes en France, etc. Le chef de saint Wulfran, par F. Poilly. Philippe Hecquet, par J. Daullé ; 2 exemplaires. Tombeau, avec statue, de Robert de Bouberch ; *(2 exemplaires anciens, avec inscription et petite notice autour de la pièce).* Autre, plus moderne. Saint Josse.

58 — Portraits, lithographiés :

M. J. Boucher de Perthes. M. l'abbé de Raismes, décédé curé de Saint-Gilles, 2 exemplaires avec et avant la lettre. François Guarguille, dit *saint François*, d'après M. Masquelier. M. l'abbé Berlin, chanoine d'Amiens, d'après M. Masquelier.

59 — Plan d'Abbeville de 1653, d'après ROBERT CORDIER. Collégiale de Saint-Wulfran d'Abbeville, gravée par VALLÉE. 1823. Portail de l'église Saint-Wulfran à Abbeville, grav. de VALLÉE, lith. de LEPRINCE. Cathédrale d'Amiens, gravée par VALLÉE. Collégiale de Saint-Wulfran d'Abbeville, bâtie au XV⁰ siècle ; in-12. Portail de l'église de Saint-Riquier, lithogr. LEPRINCE ; autre, lithogr. DELARUE. Plan de la bataille de Crécy, lith. LENGLUMÉ. Cathédrale d'Amiens, par BURY ; in-12 : 9 pièces.

60 à 61 — Deux autres lots semblables.

62 — Série de reproductions de vues d'anciens monuments à Abbeville, lithogr. GILLARD :

Vue du clocher de l'église des dames religieuses sœurs grises. Vue du maître-autel de l'église Saint-André. Vue de la porte Comtesse. Autre vue de la porte Comtesse. Vue de la porte et du pilier de l'église de Saint-André. Vue de l'ancien clocher de Saint-André qu'on a abattu en 1738. Vue du clocher de l'Hôtel de Ville tel qu'il était avant 1712. Vue du pont des Prés. Vue du clocher de Saint-Georges. L'hôpital de Saint-Joseph. Vue de la tour de messire André de Rambures. Vue du pont du château. Vue du clocher de Saint-Wulfran, tel qu'il était en 1695. Plan du Pâtis en 1739. 14 pièces ; in-8 et grand in-8.

63 à 65 — Trois autres lots semblables.

66 — 14 exemplaires du plan d'Abbeville, de ROBERT CORDIER, de 1653, gravé en 1823 par M. VALLÉE d'Abbeville.

67 — 27 exemplaires de la collégiale de Saint-Wulfran d'Abbeville ; gravé par VALLÉE, 1823.

68 — Cathédrale d'Amiens ; grav. de VALLÉE, 1825, 2 exemplaires. Portail de l'église de Saint-Riquier ; lith. LEPRINCE, 3 exempl. Portail de l'église Saint-Wulfran à Abbeville ; lith. de LEPRINCE, 3 exempl. Plan de la bataille de Crécy ; lith. LENGLUMÉ, 10 exempl. Collégiale de Saint-Wulfran d'Abbeville, bâtie au XVe siècle ; grav. de VALLÉE, in-12, 16 exemplaires.

69 — Armoiries, écussons. Depuis d'Amerval, seigneur du Fresne, jusqu'à Wlart, seigneur de Romont et de Courtrai ; tableau grand in-fol., en haut, composé de 160 écussons, dédié à Son Altesse Mgr Henry de Lorraine, duc d'Elbœuf, etc., par CHEVILLARD, historiographe de France et généalogiste du roy.

70 — Six vues d'Amiens, lithographiées d'après nature et dédiées à la Société des Amis des Arts, par E. BALAN ; 6 pièces in-fol., en un cahier.

71 — 8 pièces lithograph., in-8, en larg., représentant des vues d'Amiens ; lith. LEPRINCE. Les haleurs de bateaux ou les arracheurs de persil ; lith. BOILEAU. Plan d'Amiens, moderne ; éd. BOULLANGER. Autre pièce.

72 — Cahier renfermant 44 pièces relatives à Amiens :

Vues diverses de la cathédrale. Décollation de saint Jean-Baptiste (2 gravures différentes par Noblin et Sanson). Portraits de plusieurs évêques d'Amiens : Saint Firmin, Jean de La Grange, François Faure (plusieurs gravures, une de Lenfant), Jean Rolland, Pierre Sabatier (deux gravures différentes), Louis-François-Gabriel d'Orléans de la Motte (deux gravures différentes), le chef de saint Jean Baptiste (deux gravures anciennes). Armoiries, médailles. Notre-Dame de Brebières, etc. Profil de la ville d'Amiens du côté de Pont de Metz (en couleur). Vue de la confédération qui a eu lieu à Amiens le 4 juillet 1790. Plan des château et jardin de Moustiers, appartenant à l'Évêché d'Amiens, avec notice, 1658.

Même cahier ; autres portraits :

François Maire Bruno, comte d'Agay, intendant de Picardie. Le marquis d'Ancre, baron de Lusigni, gouverneur des villes et citadelles d'Amiens, Péronne, etc. Charles, marquis d'Albret, duc de Luyues, etc. Honoré d'Albert, duc de Chaunes, etc Louis de Boucherat, chancelier de France, etc. (2 gravures différentes). Charles du Fresne, sieur du Cange.

73 — Amiens : Cathédrale, vue de la porte de la Vierge, côté gauche (photographie, in-fol.).

Cathedral Amiens : vue publiée à Londres, 1829, par John CONEY ; in-fol., grav. au trait.

Vue de la cathédrale d'Amiens, par VALLÉE ; in-4. Autre, lith. de VILLAIN ; in-4. Autre, par BURY, 2 exempl. ; in-12.

Vue de la façade principale de la cathédrale d'Amiens, par NORMAND et MILLET ; in-12. Vue perspective de l'église cathédrale d'Amiens, par DIEU ; in-12.

74 — Cathédrale d'Amiens, vue ancienne, grand in-12 avec la devise : **Excellit omnem mundi pulchritudinem**, 3 exempl., par Ant. SANSON, pour le **Breviare Ambianense**. Autre, de DIEU.

Le printemps, l'automne, l'été et l'hiver, vignettes sujets religieux, avec vues de la cathédrale d'Amiens ; in-32.

Décollation de saint Jean-Baptiste, 2 exempl., par SANSON ; in-12.

75 — Cathédrale d'Amiens, avec la devise ci-dessus : **Excellit omnem**, etc. Le chef de saint Jean Baptiste : **Agios Ioannis prodromos**, grav. de COCHIN. Décollation de saint Jean-Baptiste, de SANSON L'été, l'automne, l'hiver, vignettes, avec vues de la cathédrale.

76 — Frontispice de l'ouvrage : **L'histoire de Notre-Dame de Boulogne** ; in-12, estampe de BRIFFART représentant la Vierge entre deux anges dans un bateau.

Grand plan, à la main, de divers monuments très-anciens découverts dans le faubourg de Brequerecque, près Boulogne.

77 — Vue à vol d'oiseau de la ville de Saint-Quentin (**Augusta Viromanduorum nunc Sanquintinum**) gravure ancienne pouvant remonter au XVIIe siècle.

Carte du diocèse de Beauvais, par GUNIÈRE.

Onzième vue des environs de Beaumont-sur-Oise ; petit in 4.

78 — Ancienne vue à vol d'oiseau de la ville de Rouen, remontant à la première moitié du XVIIe siècle, avec légende explicative latine-française ; in-fol., en larg. Paris, chez Jollain.

Vue des environs de Rouen, par LEVEAU ; petit in-4.

79 — Arras :
Représentation de la croix miraculeuse plantée sur le rempart de la ville d'Arras, le 19 mars 1733, etc., etc. ; ancienne gravure, éditée à Paris, chez Daumont, in-fol., en haut.

80 — Plan de la ville d'Hesdin ; 1723.

Autre plan d'Hesdin, au lavis. Attaque de la ville ; détérioré.

Plan de la ville de Douai ; moderne.

Carte du Pas-de-Calais ; tiré de l'atlas de TARDIEU.

81 — Atlas de la description de l'ancienne cathédrale de Saint-Omer ; cahier de 10 planches in-fol. ; lith. de ROUBAUT, à Douai.

82 — Atlas de la description de l'ancienne abbaye de Saint-Bertin ; cahier de 8 planches in-fol. ; lith. de ROUBAUT, à Douai.

Une série de Cuivres ayant servi pour la gravure de diverses vues et monuments à Abbeville et à Amiens.

DIVERS :

A — Chasses anciennes, par Ch. AUBRI, 1837 ; cahier in-fol.

B — Saint-Pierre de Rome ; rouleau.

C — Plusieurs pièces, sujets divers, histoire ancienne, pièces historiques, plan de Paris.

D — Dessus de porte, paysage ; à l'huile.

E — Divers : cartes anciennes de Hollande et du Brabant ; petit cahier de paysages. par HOUET ; 6 pièces. Autre, principes de paysage et de marine ; quelques petites pièces.

F — Chapelle de Port-Royal des Champs ; grav. in-4. Petit album de gravures se rattachant à l'abbaye et à l'ordre de Port-Royal des Champs, à Paris, chez Masson. Série de 7 gravures anciennes pour l'**Histoire de Notre Dame de Liesse** (3 de DE POILLY). Cinq petites vignettes relatives à l'ordre des Chartreux, tirées d'ouvrages.

G — Recueil d'armoiries gravées, avec notice ; un cahier de cinquante-cinq feuilles.

H — Album relié ; fleurs reproduites en couleur, sur parchemin.

I — Album relié renfermant des vues diverses.

J — Album relié avec personnages de divers pays ; dessins au lavis, en couleur.

K — Autre ; grav. en couleur, types italiens.

L — Autre : illustrations pour la **Jérusalem délivrée**, légendes en italien et en français ; gravures, genre vignette, d'après COCHIN.

M — Volumineux album relié, renfermant des vues diverses en France et en Italie.

N — Grand album in-fol., en larg., renfermant des dessins au trait, calqués sur papier végétal, d'après de grands maîtres.

O — 5 albums de sujets chinois en couleur, sur papier de riz.

TABLEAUX :

1 — Un tableau non encadré, représentant **une jeune fille gardant des moutons et une vache**, de 1 m. 20 de larg., sur 2 m. de haut. attribué à Bomy peintre d'Abbeville.

2 — **Une vierge** ; peinture sur cuivre, travail greco-russe H. 0,22, L. 0,15.

3 — **2 saintes nimbées** ; travail greco-russe, peintures sur cuivre. H. 0,21, L. 0.16.

4 — **Vue de l'ancienne porte Marcadé d'Abbeville** ; tableau non encadré. L, 0,55, H. 0.44.

5 — Tableau représentant **les grands hommes d'Abbeville**, H. 1 m. 25, L. 1 m. 93.

Ce tableau, peint par Choquet, offre le même sujet que celui du même peintre conservé à la Bibliothèque d'Abbeville ; ces personnages, exécutés tous d'après des portraits authentiques, sont ressemblants et représentent exactement le même type que ceux du tableau de la Bibliothèque. La composition est la même, moins la galerie sur laquelle sont rangés des personnages secondaires et ceux dont on n'avait pas les portraits.

6 — Petit tableau sur cuivre représentant **l'intérieur d'une chaumière**, une femme assise, une jeune fille entrant par la porte du fond, un panier sur la tête, H. 0.17, L. 0,13.

7 — Petit tableau sur cuivre, faisant pendant au précédent, représentant **une femme qui bat le beurre**. Mêmes dimensions.

8 — Un petit tableau sur panneau, non encadré, signé *D. Teniers* ; **scène hollandaise**, reproduite dans toute sa trivialité. H. 0,195, L. 0,125.

Deux individus sont assis à côté d'un escabeau ; l'un allume sa pipe, l'autre se dispose à manger ; une femme parait à la porte du fond ; à gauche un individu vu de dos ; exécution merveilleuse et parfaite conservation.

9 — **Vue générale d'Abbeville**, dans la situation où cette ville se trouvait au XVIIe siècle ; grand tableau sur panneau, encadré; au bas une légende contenant en abrégé l'histoire de cette ville ; cette légende où il est fait mention d'événements du XVIIIe siècle, est postérieure à la représentation figurée de la ville. H. 0,72, L. 1 m. 85.

(Ce tableau est déjà porté au catalogue du cabinet des curiosités artistiques et archéologiques sous le n° 144).

10 à 15 — Dessins encadrés représentant des monuments d'Abbeville et environs, et la sainte face de Mellan ; 5 pièces.

Saint-Vulfran, Saint-Riquier, le Pont-Rouge, l'abbaye de Saint-Riquier sous Charlemagne, l'église du Quesnoy.

16 — **Une vache dans un marais** ; tableau à l'huile par M. Delignières de St-Amand d'après *Fauvel*, d'Abbeville : (en rouleau).

17 — **Vue de la porte Marcadé** ; tableau à l'huile, par M. Delignières de St-Amand (en rouleau).

18 - - Portrait en pied du comte d'Artois, depuis Charles X, apanagiste du Ponthieu.

Ce portrait est une copie en petit du tableau qui a figuré sous la Restauration dans la grande salle de l'Hôtel-de-Ville d'Abbeville.

19 — Deux panneaux provenant d'un volet d'autel, peint des deux côtés et offrant sur l'une des faces l'image d'un évêque et sur l'autre des scènes militaires. Sur la légende on distingue le nom des *Nicasius*. — Les scènes militaires paraissent se rapporter à divers épisodes de la vie de saint Nicaise, au moment de l'invasion des Vandales. XVe siècle (un peu détérioré).

ŒUVRES DE GRAVEURS D'ABBEVILLE.

ALIAMET. (15 PIÈCES).

Première vue des environs de Caudebec en Normandie d'après *Hackert* *Gouaz* sculp. Aliamet, direxit ; in-fol. 2 ex. — Deuxième vue des environs de Caudebec en Normandie id., 2 exempl. — La bergère prévoyante, d'ap. *Boucher*, in-fol. — Le fanal exhaussé, gravé par *Byane*, d'ap. *J. Vernet*, dédié par Aliamet, in-fol. — Vue de Boom sur le Ruppel, d'après *Van der Neer*, in-fol. — Rivage près de Tivoli, d'après *Vernet* ; indicat. d'Aliamet, in-fol. — La même avant la lettre. — Le lever de la lune, in-4, d'après *Van der Meer*. — Troisième vue des environs de Saverne, d'après *Brandt*, in-4. — Quatrième vue des environs de Saverne, d'après le même, in-4. — La place Maubert, d'après *Jeaurat* in-4. — La rencontre des deux villageoises, d'après *Berghem*, petit in-4. — L'amour et la folie, d'après *J. B. Oudry*, petit in-4.

BEAUVARLET. (11 PIÈCES).

Le danger d'aimer, d'après *Boucher*, in-fol. — Le berger indiscret, même genre, d'après *Boucher*. — La sultane, d'après *Vanloo*. — La Confidence, d'après le même, 2 pendants gr. in-fol. — Le plaisir de la pêche, d'après *Boucher*, in-fol. — Le plaisir de la chasse, d'après *Boucher*, infol. — Le joueur de cornemuse, d'après *Téniers*, in-4. — Sylvie fuit le loup qu'elle a blessé, d'après *Boucher*, gr. in-4. — L'éplucheuse de salade, d'après *Jeaurat*, petit in-4. — Le ménage octogénaire (2 exempl.) d'après *Téniers*, petit in-4.

R. CORDIER. (4 PIÈCES).

Cartes de l'Ile-de-France, Champagne, Lorraine, d'après *Sanson*, 1648. — Cartes duché et gouvernement de Normandie, d'après *Sanson*, 1650. — Cartes, duché et gouvernement de Bretagne, d'après *Sanson*, 1650.

— Jésus-Christ debout au milieu de tiares, de crosses. et de clefs, attributs des papes; à la marge : Do CLÁVES REGNI COELORUM. (*J. Cordier.* *Abb.*)

J DANZEL. (11 PIÈCES).

Sacrifice à Cérès, 4 exemplaires, in-fol. d'après *J Vien*. — Vénus demandant à Mercure les armes d'Enée, grand in-fol. — La mort de Socrate, grand in-fol. — La mort de Creüse, 4 exempl., avant la lettre, l'une sur papier très-minee. (des premiers tirages), une autre gravée des deux côtés ; grand in fol. — A la santé du roi, d'après *Tilborgh*, petit in-fol. — Buonaparte, petit in-4.

DAULLÉ. (25 PIÈCES)

Chasse à l'oiseau, tirage mod. in-fol., d'après *Jean Miet*. — Les charmes du printemps. — Les plaisirs de l'été. — Les délices de l'automne. — Les amusements de l'hiver, 4 pièces in-4, formant pendants; d'après *Boucher*. — Repos de Vénus et les grâces au bain, d'après *Raoulx*, in-4. — Naissance et triomphe de Vénus, d'après *Boucher*. — Mademoiselle Pelissier, d'après *Drouais*. — Comtesse de Caylus, d'après *Rigaud*. — François Patot, in-4. — Le turc qui regarde pêcher, d'après *Vernet*, in-4. — Croissez, tendres enfants etc., petit in-4, d'ap. *J. Dumont*. — Le frère du prétendant, petit in-4. — La bergère endormie, d'après *Boucher*, in-8. — Sujet religieux et allégorique, grand in-8 et autre, même sujet, in-32. — Le prétendant, petit in 4. — Louis Dauphin de France, d'après *Tocqué*, grand in-8. — Louis XV, d'après *Lemoine*, grand in-8. — Emm. Pinto, grand in-8. — Louis d'Orléans, duc d'Orléans, sans marge, in-8. — Louis XV roi de France et de Navarre, d'après *Pinto*, in-8. — Tête de Louis XV découpée dans une grav. — Fran , s. m. com. etc., portrait in-8. — Louis duc d'Orléans, d'après *Coypel*, in-12.

DELEGORGUE. (3 PIÈCES)

PRÆLUDIT INFANS FUNERI; l'enfant Jésus assis sur les genoux de la Vierge et tenant une petite croix à la main, petit in-4. — Le Christ au Tombeau, d'après *Van Dyck*, grand in-8 en larg.

VAN DICK ; portrait dans un médaillon exagone, in-8.

CL. DUFLOS. (12 PIÈCES).

Vue des restes du pont qui conduisait à la maison de Mecenas à Tivoli. in-4. d'ap. *Lebarbier* l'aîné. — La bergère avec sa flute, 2 pièces in 4, d'après *Soldini*. — Le berger avec son oiseau (*sic*). — Jeanne de Scepeaux, méd. in-8. -- Le marodeur. — Jésus-Christ au jardin des olives, entouré d'anges. — Le saint sommeil de Jésus-Christ, d'après *Raphael*, vignette in 12. — Le roi David jouant de la harpe, d'après *Champaigne*, vignette. — Louis XIV roi de France, vignette. — La vue, l'ouie, l'odorat, petites vignettes méd. — Écusson, genre cul-de-lampe. — Vue à vol d'oiseau de Dunkerque (en rouleau).

DUFOUR (3 pièces).

Vue des environs de Reggio en Calabre d'après *Vernet*, in-fol. — L'entrée du port de Palerme en Sicile, d'après *Vernet*, in-fol. — Vue de la ville de Clèves, d'après *Compé*.

FILLŒUL. (5 pièces).

Mater abundantissima, in-12, genre ancien, belle. — Jean Gerson, portrait en ovale in-8. — Portrait de saint, sans titre, in-12. — Christ, 2 ex. in-32.

FLIPART. (7 pièces).

Tempête au clair de lune, d'après *Vernet*, in-fol. — Chasse au sanglier ; autrait, in-fol. — Grande tempête, in-fol. — Vénus et Enée, d'après *Natoire*, in-4. — Jacques Dumont dit le Romain, in-4. — La Colombe chérie, d'après *Carême*, in-8. — Guillaume XI, comte de Hollande, *ex musæo scriveri*, in-8.

HECQUET. (1 pièce).

La Vierge et l'enfant Jésus, d'après *Mignard*, in 8.

HUBERT. (2 pièces).

Charles Antoine de la Roche-Aymon, d'après *Colin*, in-8.
Frontispice de livres religieux, d'après *Vigor Boucquet*, in-12

LENFANT. (35 pièces).

Edmond de Fieux, ov. in-4, 1667, 2 ex. — Charles Paris d'Orléans, in-4 1669. — Jacques Gaillard, ov. in-4, 1649, 2 exempl. — Léonore de Matignon, d'après *Dieu*, ov. in-4, 1661. — Spinola, d'après *Ponchel*, ov. in-4, 1663. — Jacques de la Motte Houdancourt, ov. in-4, d'après *A. du*

Viert, 1672. — Jean de Briou, marquis de Combronde, baron de Salevert, ov. in-4, 1671. — Jacob d'Auvergne, ov. in-4, 1669. - Guido de Sève, de Rochechouart, d'après *Dieu*, ov. petit in-4. — Louis Henri de Loménie, d'après *Lebrun*, ov. in-4, 1662. — Ægedius le Maistre, seigneur de Ferrières, ov. in-4 ; 1662. — François Théodore de Nesmond, d'après *Dieu* ; 1661. — Madame de Prouville, ov. in-4 ; 1660, ov. in-4; 1660. — Pierre de Bouzy, d'après *Dieu* ; 1661. — Charles III, duc de Créquy, d'après *L. Ferdinand* ; 1657. 2 exempl. — François de Harlay, hexagone in 4 ; 1671. — Guillaume de Nesmond, ov. in-4; 1664. — Étienne Baudrand, d'après *Dieu*, ov. in 4. — Portrait, d'après *Verspronck*, ov. in-4. — Jean François Paul, cardinal de Retz, arch. de Paris, petit in-8, 2 ex. — François Faure, évêque d'Amiens, in-4 ; 1664. — Henry duc de Verneuil, évêque de Metz, ov. petit in-4, d'après *M. Lasne*. — L'enfant Jésus assis et portant une croix dans sa main, petit in-4 ; 1664. — Jacques Amproux, ov. in-8. — Les épitaphes de Blasset. 7 pièces, grand in-8.

LEVASSEUR. (12 pièces)

Maisons de pêcheurs à Saint-Valery-sur-Somme, d'après *Hackert* ; 3 exempl. in-fol.; 1770. — Maisons de pêcheurs à Abbeville, d'après *Hackert*, in-fol.; 1770. — Bureur bachique, d'après *Braor* ; in-4. — Le passe-temps des soldats, in-fol, en haut, d'après *Bourdon*. — Le jardinier fleuriste. — Le faucheur. — Le vigneron. — La fileuse ; 4 pièces petit in-4, d'après *Teniers*. — Ciel, ô ciel que vois-je à ses côtés ? vign. d'ouvrage, in-8, d'après *Gravelot*. — Le sacrifice d'Abraham, in-8 en larg.

MACRET. (15 pièces).

Les prémices de l'amour-propre, d'après *Gonzalès*, petit in-fol. 2 ex. l'un, tirage moderne. — Explosion du magasin à poudre d'Abbeville, d'après *Choquet*, in-fol. 3 exempl. — Réception de Voltaire aux Champs-Élysées, d'après *Fauvel*, in-4 en larg. 2 exempl. — Le paysan solliciteur, d'après *Eisen* père, in-4. — Le procureur antique, d'après *Eisen* père, in-4. — Contentement passe richesse, petit in 4, d'après *Baader*. — Portrait d'ecclésiastique, ov. in-4; 1769. — Destouches. — Homère. — Virgile. — Marc-Aurèle, 4 pièces, in-12.

MELLAN. (57 pièces).

Thèse de M. de Longueil, in-fol. — Thèse de M. Ant. Talon Catalan, in-fol. — Grand crucifix de deux grandes feuille in-fol. — Sujet énigmatique, d'après *Simon Vouet*, in-fol. — Bas d'un grand crucifix, Adam et Ève couchés auprès de la croix, in-fol. — Saint Claude

méditant. à genoux devant une croix, grand in-fol. — Saint Pierre à
genoux, p. en haut. grand in-4. — Un concile, pièce en larg. grand in-4.
— Quatre exemplaires de la Sainte-Face. — Saint François 1638, grand
in-4. — Sujet allégorique, in-4. — Le Saint-Sacrement, grand in-4.
— Saint Bruno donnant l'habit à un religieux, — Saint Bruno entrant
au concile. — Saint Bruno montrant la sainte Hostie à des soldats,
3 pièces petit in-4. — Saint Jean au désert dans sa jeunesse, petit in-4.
— Sujet allégorique sur le commerce, petit in-4. — Anne d'Autriche,
in-4. — Armand de Bourbon, prince de Conti, in-4. — Hercule et Atlas
supportant un globe céleste, petit in-4 en larg. — Henri Chesneau priant
saint Luc de peindre le couronnement de la sainte Vierge (copie de
Mellan). — Frontispice : de **Imitatione Christi**, 2 ex. in-8. — Frontispice
de livre : **Lex amoris in monte Sion** (très-rare) in-8. — Frontispice de
livre : une victoire devant une colonne. — Autre, même sujet, mais en
sens inverse in-8. — Le buisson ardent, in-8 en larg. — Henri de
Mesmes, portrait en méd. ov. — Frontispice de livre ; **l'histoire sainte,
les roys**, tom. 3, par le père Nicolas Talon, in-8. — Pierre Seguier,
chancelier de France, grand in-8. — Frontispice de livre : **les moqueurs
moqués**, in-8. — La femme de Marolles, in-8. — Michel de Marolles,
in-8. — Claude de Marolles. in-8. — M. Cœffeteau, évêque de Marseille,
2 exempl. d'après *du Moustier*, petit in-4. — Frontispice de livre : **la
perfection du chrestien**. (Le cardinal de Richelieu présentant un livre à
la Sainte Vierge), in-8, 2 ex., plus une autre gravure plus petite même
sujet imité par *Behon*, in-32. — — Psyché et l'amour, d'après *Vouet*,
in-8, en larg. — Portrait, avec encadrement hexagone, petit in-4. —
Autre, ecclésiastique, méd. ov. in-8. — Le cardinal de Richelieu, grand
in-8, méd. ov. — Sujet allégorique : **la Renommée présentant un portrait**,
grand in-8. en larg. — Moine portant l'enfant Jésus (copie de Mellan),
in-8. — Carolus de Condrem ; petit in-8, 2 exemplaires. — Frontispice de
livre : **les amours de Trystan**, in-8. — Frontispice de livre : **les œuvres
de M. de Voiture**, in-8, c'est la même grav. que ci-dessus, sauf le titre. —
Petite vignette, même sujet, mais renversé, in-32, sans titre. — Crucifix,
d'après *Vallet*, in-12. — Une charité romaine, d'après *Vouet*, in-12. —
Dalila et Samson, in-12. — Loth et ses deux filles, in-12. — Un moine
mort couché dans sa bière, in-12. — Les soliloques de saint Augustin.
— Les confessions de saint Augustin, deux frontispices in-12.

PICOT (PIÈCES GRAVÉES OU ÉDITÉES PAR LUI : 95 PLANCHES).

Assaut par la chevalière d'Eon et le chevalier de Saint-Georges ;
in-fol., en larg., d'après *Robineau*. — Allégorie dédiée à Buonaparte,
général, etc. — Autre, dessin en couleur. — Ruines de l'abbaye de Mel-
rose, d'après *Rutherford* ; petit in-fol., en larg. — L'École pour le scan-
dale, série de grotesques (femmes) caricatures anglaises ; grande feuille
en larg. Picot diexit. — Ariane abandonnée, d'après *Kauffman* ;
petit in-fol., en larg. — Marine, d'après ¦*Van de Velde* ; grand in-4. —

Patineurs, avant la lettre; petit in-fol. — Paysage, sujet de genre, par Grignon et Picot; méd. rond, in-fol. — La chaste Suzanne; Picot ex., d'après *Vanloo*; in-fol. — Clitie, méd. rond, d'après *le Carrache*, gravé par Bartolozzi, vendu chez Picot, rue des Postes, n° 25, à l'Estrapade. — Venus and Cupido, d'après *Zuccharelli*; méd. rond, 2 exempl., l'un en couleur. — Autre: sujet allégorique, même genre, d'après *Le Moine*. — Autre: même genre, Vénus réchauffant l'Amour, d'après *Vanloo*; 2 exempl., l'un en couleur. — Summers evening. Londres, 1784. — Sujet de genre; méd. ov., teinté, par Laurent; in-fol., vendu chez Picot, à Londres. — Sujet de genre: femmes travaillant; avant la lettre, in-4, méd. rond. — Sujet de genre; méd. ov. in-4, vendu chez Picot, à Londres; en rouge. — The corresponding lady, d'après *Metzu*; in-4. — Deux sujets allégoriques; petit in-4, en rouge, avant la lettre. — Clio, par *Clarke*; vendu chez Picot, à Londres, petit in-4. — A Brisk gale, in-8, en larg.; en rouge. — The Ephesian matron, vendu chez Picot, à Londres, grand in-8; teinté. — Reine de l'antiquité, in-12; en couleur. Cernetti (violoncelliste), man. noire, petit in-4, d'après *Zoffini*. — Zara; pièce teintée, ov., grand in-8. — Le seigneur de la vigne payant ses ouvriers, par M. A. Ravenet Picots wife; dédié à M. Lefeburc, seigneur du village de Thuison, etc.; pièce à la manière noire, d'après *Rembrandt*; in-4. - Jacob meeting Rachel; ov., en larg., in-4; avant la lettre. — Sujet allégorique: la Musique; ov., en larg., grand in-8; avant la lettre. — Les Évangélistes, d'après *Rubens*, en rouge; grand in-8. — Desire, d'après *Mignard*, grand in-8, en rouge; 2 exempl. — Semiramis, d'après *C. Monnet*; en couleur, ov., grand in-8. — A Circassian lady; ov., grand in-8, en rouge. — Pharoah's Daughter, chez Picot, à Londres; teinté. — A Venetian lady, chez Picot; teinté, in-8, 2 exempl. — Salvator mundi, d'après *C. Lebrun*; grand in-12, teinté. — Cléopatre, d'après *Cipriani*, chez Picot; teinté. — Attentive fair, d'après *Kauffman*; in-12, en rouge. — Femme écrivant, d'après *Terburg*, in-8. — La Vierge et l'enfant Jésus, d'après *West*; in-8. — Tartarian lady; ov., in-8, en couleur. — Persian lady, ov., in-8, en couleur. — La Vierge, l'enfant Jésus et un ange leur présentant des fruits; ov., petit in-4, en couleur. — Cupid.; ov., grand in-8, en couleur. — The thoughtful lass; méd. rond, grand in-8, en couleur. — A Bacchante; ov., in-8, en couleur. — La Vierge et l'enfant Jésus; méd. rond, in-8, en couleur. — Lady et child, d'après *le Corrèze*; méd. rond, grand in-8, en rouge. — Cupids at play, d'après *Cipriani*; méd. rond, petit in-4, en couleur, 2 exempl. — Femme demi nue, en buste; ov., petit in-4, en rouge. — Saint François; petit in-4. — Femme jouant de la guitare, d'après *Bartolozzi*; grand in-8, en rouge. — Children at play, *Bartolozzi*; méd. rond, grand in-8, en couleur. — Love, d'après *Weatby*; in-4, en larg., 2 ex. — Femme lisant, d'après *Reynolds*; petit in-4, en rouge; publié par Picot. — Thalia, d'après *Cipriani*; grand in-8, en rouge; publié par Picot. — An African turk; ov., petit in-4, en rouge; 2 exempl. — An African lady; ov., grand in-8, en couleur; publié par Picot. — Zara; ov., grand in-8, en rouge; chez Picot, à Londres. — Une muse;

ov., en haut., grand in-8, en rouge; chez Picot, Londres. — Rural Happiness ; petit in-4. — Going to the Bagnio ; in-12. — Briseys ; ov., grand in-8, teinté — Lady Crosby ; in-8, en rouge. — Saint Jean, enfant ; in-8, chez Picot, à Londres. — Pamela, d'après *Greuze* ; in-8. — A Sibyl ; ov., in-12 ; chez Picot, à Londres. — The duty of a Mother; ov., in-8, en couleur ; 2 exempl. — Philentas, confident d'Abailard, d'après *Mortimer* ; petit in-4, manière noire. — Bacchus and love ; ov., in-8. — Le Benedicite, avant la lettre ; ov., in-8. — Le soir, paysage ; méd. rond, petit in-4. — Charlotte Corday; in-12, en couleur ; chez Picot, à Abbeville. — Sappho; ov., in-8. — Apollo ; ov., in-8 ; chez Picot, à Londres. — Zingara ; ov., in-8. — Tragedy and Comedy ; ov., en larg. in-8 ; teinté. — Pain ; ov., in-12, en rouge. — Cupid and Zephir ; ov., in-8. — Love (femme tenant une colombe); ov., in-12. — Italian Singers ; in-12, en rouge. — Innocence ; in-12, en rouge. — The faithful dog ; in-12, en rouge. — A Vestal, d'après *West* ; in-12, teinté. — The Spepherde ss., d'après *Boucher* ; in-12. teinté. — Berenice ; in-12. — Personnage (d'après un dessin de *Fragonard*) ; chez Picot, à Abbeville.

POILLY (Jean-Baptiste de) 52 pièces.

Plans de décorations de jardins ; 6 planches in-4, en larg., pour l'ouvrage : **Le nouveau livre de treillages pour la décoration des jardins**, inventé par M. Blondo le fils. — Le Christ sur la croix, d'après *Lebrun* ; petit in-4, en haut. — Michel Letellier, portr. en méd. ; grand in-4. — Louis XIV, roi de France, d'après *Mignard* ; in-4. — Louis XIV, roi de France, autre, aussi d'après *Mignard* ; in-4. Le Christ sur la croix, d'après *Le Brun* ; petit in-4. — Vierge à la rose, d'après *Stella* ; petit in-4 carré. — Pièce semblable, mais avec l'indication : *P. Mariette fils ex.* — Sujet religieux : un individu lapidé, au fond la cathédrale de Bourges, d'après *Le Brun* ; petit in-4. — Principes de dessin, gravés par de Poilly ; 13 pl., grand in 8, en un cahier. — Série de paysages, d'après *Perelle* ; 5 grav. in-4. — Titre pour le livre de la fréquente communion, d'après *Ph. de Champaigne* ; 2 grav. semblables, mais en sens inverse et pour deux éditions différentes; 2 pièces in-8. — Autre semblable. — Paysage ; N. Poilly, in-12 en larg. — La Nativité ; N. Poilly, in-12 hexagone. — Vainement une beauté fière, etc. ; petit sujet, ov., petit in-12. — Frontispice de livre : **Les confessions de saint Augustin** ; 1649, d'après *Ph. de Champaigne* ; in-32. — Autre : **Summula casuum conscientiæ in decalogum** ; Paris, 1643, d'après *Picot*, in-32.

POILLY (François de) 13 pièces.

Sujet relatif à l'histoire de Joseph, d'après *Coypel* ; in-4, en larg. — Sujets de décorations d'appartement : nouveaux lambris, cheminées et portes de chambre ; 11 pièces, petit in-4 en larg. ; à Paris, chez F. de Poilly. — La Vierge et l'enfant Jésus, d'après *Mignard* ; petit in-4. —

VOYEZ (L'AINÉ).

Le philosophe charitable, d'après *Ph. Caresme*. — La dame de charité, d'après *Eisen*. — Le bon avis, d'après *Horémans* ; 3 pièces, in-fol., tirage moderne.

Gravures avant la lettre de maîtres abbevillois ou présumés ; 18 pièces, in-fol., in-4 et in-12.

Gravures au trait et non terminées de maîtres abbevillois ou présumés ; 11 pièces in-fol. et in-4.

SUPPLÉMENT AU CATALOGUE DES LIVRES ET DES MANUSCRITS

La bibliothèque de MM. Delignières de Bommy et de Saint-Amand était partagée entre une maison de ville et une maison de campagne; un certain nombre de livres avaient en outre été prêtés; il a fallu les faire rentrer, réunir le tout, ce qui explique le présent supplément.

IMPRIMÉS.

1 — **Histoire ecclésiastique d'Abbeville et de l'archidiaconé de Pon-thieu**, par le P. IGNACE. Paris, Pellican, 1646, in-4 relié.
(Belle conservation)

2 — **Histoire du doyenné de Grandvilliers**, par l'abbé DAIRE. Amiens, 1784, 1 broch. in-18 de 40 pages.

3 — **Histoire de Notre-Dame de Boulogne**, par LEROY. Boulogne, Battut, 1704. 1 vol. in-12 parchemin.

4 — **Réponse aux observations** publiées contre le livre intitulé **Dissertation historique et critique sur l'abbaye de Saint-Bertin**, 1738. — A la suite : Lettre d'un Académicien d'Arras sur la princesse Giselle. Lille, 1779, 1 vol. broché.

5 — **Recherches historiques sur les cartes à jouer.** Lyon, 1757, broché.

6 — **Dictionnaire de chasse et de pêche.** Paris, Musnier fils, 1769, 2 vol. in-8.

7 — **La Chasse**, poème d'Oppien, traduit en français par DE BALLU. Strasbourg, 1787, 1 vol. in-8.

8 — **Glossaire du droit français**, par DE LAURIÈRE. Paris, 1704, 2 vol. in-4 rel.

9 — **Le parfait Maréchal**, avec un dictionnaire des termes de cavalerie, par DE GARSAULT. Paris, 1746, 1 vol. in-4. 50 planches en taille-douce.

10 — **Le parfait Négociant** ou instruction générale sur le commerce, par JACQUES SAVARY. Paris, 1713, 2 vol. in-4 rel.

11 — **Dictionnaire des eaux et forêts**, par CHAILLAUD. Paris, 1769, 2 vol. in-4 rel.

12 — **Nouveau dénombrement du royaume**, par généralitez, élections, paroisses et feux. Paris, chez Saugrin, 1720, 1 vol. in-4 rel.

13 — **Les quatre parties du Jour**, poème traduit de l'allemand de M. ZACHARIE. Paris, 1781, 1 vol. in-8 rel. Figures.

14 — **Zéphirine ou l'Époux libertin.** Amsterdam, 1771, 1 vol. in-8 rel.

15 — **Description de l'Église de Saint-Riquier en Ponthieu**, et notice sur Saint-Vulfran d'Abbeville, par GILBERT. Amiens, Caron-Vitet, 1836, 1 vol. in-8.

16 — **Histoire ancienne et moderne d'Abbeville et de son arrondissement**, par F. C. LOUANDRE. Abbeville, Boulanger-Vion, 1835, 2 vol. in-8 broché.

17 — **Biographie d'Abbeville et de ses environs**, par F. C. LOUANDRE. Abbeville, Devérité, 1829, 1 vol. in-8 broché.

18 — **Mémoires de Gaudence de Lucques**, prisonnier de l'Inquisition. Amsterdam, 1777, 4 vol. in-8 rel. (figures en taille-douce).

19 — **Dictionnaire social et patriotique.** Amsterdam, 1770, 1 vol. in-8 rel.

20 — **Histoire du comté de Ponthieu, de Montreuil et de la ville d'Abbeville.** Londres, 1777, 2 vol. in-12 reliés.

21 — **La Syphilis**, poème latin de JÉROME FRACASTOR avec la traduction en français et des notes. 1796, 1 vol. in-16 broché.

22 — **Jacobi Sannazarii** opera omnia. Lugduni, 1603, 1 vol. in-16 par chemin.

23 — **Statuts et règlements des marchands d'Abbeville**, du 4 janvier 1712. Paris, Desprez, 1762, 1 vol. in-18 broché.

24 — **Le confiturier royal**, ou nouvelle instruction pour les confitures. Paris, 1791, 1 vol. in-8 broché.

25 — **Discours satyriques et moraux.** Rouen, 1796, 1 vol. in-1 broché.

26 — **Œuvres diverses du sieur R...** à Soleure, chez Ursus Heuberger, 1712, 1 vol. in-12 broché.

27 — **Georgii Agricolai** de animantibus subteraneis. 1549, 1 vo in-8.

28 — **Mélanges critiques et historiques**, ou œuvres posthumes d'un inconnu. à Salamine, 1784, 1 vol. in-8 rel.

29 — **Le Passe-temps agréable**, ou choix de bons mots. Rotterdam, chez Jean Hofhout, 1 vol. in-8 rel.

30 — **Britannia ou recherche de l'antiquité d'Abbeville**, par NICOLAS SANSON. Paris, 1696, 1 vol. in-8 rel.

31 — **Poemata didascalica** : Parisiis, Lemercier, 1749, 3 vol. in-8 rel.

32 — **Renati Rapini** soçiet. Jesu carminau. Parisiis, Mabre-Cramoisy, 1681, 2 vol. in-8 rel.

33 — **Œuvres morales et mêlées de Plutarque**, traduites par JACQUES AMYOT. Lyon, 1615, 2 vol. in-4 rel.

34 — **Les vies des hommes illustres Grecs et Romains de Plutarque**. Paris, 1611, 2 vol. in-4 rel.

35 — **Collection de l'Almanach historique de Picardie**, de 1754 à 1792. Manquent les années 1768, 71, 72, 74, 75, 77, 79, 80, 82, 89, 90, 91.

MANUSCRITS.

1 — Quatre chartes contenant une transaction entre le comte de Ponthieu et de Montreuil, Marie sa femme et les abbés et couvents de Saint-Riquier, relative à la chasse dans les garennes du Crotoy (1248) : une copie française est jointe à l'original ; les autres pièces ont trait aux droits d'usage des habitants du Crotoy dans les dunes et à leurs démêlés avec les abbés de Saint-Riquier.

2 — Recueil de pièces relatives aux propriétés de l'abbaye dè Saint-Riquier et à ses droits seigneuriaux, à Mayoc, au Crotoy et à Rue, XVe et XVIe siècles. L'une de ces pièces porte encore son sceau qui est celui de la ville du Crotoy.

3 — Testaments de diverses personnes d'Abbeville ; XVe siècle.

4 — Pièces diverses relatives à des transactions passées entre des personnes d'Abbeville (4 pièces).

www.ingramcontent.com/pod-product-compliance
Lightning Source LLC
Chambersburg PA
CBHW071122260626
47162CB00006B/2421

HISTOIRE

DE

NOTRE-DAME

DU

BON CONSEIL

TOURS

ALFRED CATTIER

ÉDITEUR

HISTOIRE

DE

NOTRE-DAME DU BON CONSEIL

Permis d'imprimer:

J. SELLIER,

Vicaire général.